WIR
sehen uns im
WESTEN

© privat

Dorit Linke, geboren 1971 in Rostock, wuchs in der DDR auf. Den politischen Wandel Ende der Achtziger erlebte sie bewusst mit und war achtzehn, als die Mauer fiel. Für ihre Romane, in denen sie u. a. über die politischen und persönlichen Erfahrungen ihrer Generation schreibt, erhielt sie etliche Preise. Sie lebt und arbeitet in Berlin.

Dorit Linke

WIR sehen uns im WESTEN

CARLSEN CLIPS

Außerdem in der Reihe Carlsen Clips lieferbar:

Alles zu viel

Auf dich abgesehen

Dann geh doch die Welt retten

Ich weiß alles über dich

Ich will das nicht!

Immer on

Killyou!

Kopf runter, durchhalten

Likes sind dein Leben

Mehr als ein Spiel

Total daneben!

Von wegen Freundschaft!

Wir produzieren nachhaltig

- Klimaneutrales Produkt
- Papiere aus nachhaltigen und kontrollierten Quellen
- Hergestellt in Europa

FSC
www.fsc.org
MIX
Papier | Fördert gute Waldnutzung
FSC® C021394

Originalausgabe
Veröffentlicht in der Carlsen Verlag GmbH
Völckersstraße 14–20, 22765 Hamburg
August 2019

Umschlagabbildung: shutterstock/© sirtravelalot
Umschlaggestaltung: formlabor
ISBN: 978-3-551-31841-1

Für Susanne

Du wirst immer ein Teil von Berlin sein

NINA

Das Licht geht an, mitten in der Nacht. Gepolter im Zimmer.
Immer muss sie so einen Lärm machen. Ich drehe mich auf die Seite, presse die Augenlider zusammen und höre weiter meinen Lieblingssong. *There's a lot to be learned. And you learn when your heart gets burned.*
Plötzlich zieht es an meinen Ohren, keine Musik mehr.
„Wahnsinn, das musst du sehen!"
Erschrocken öffne ich die Augen. Zerzauste Haare, irrer Blick. Katrin hält meine orangen Kopfhörer in der Hand. Ich hole Luft, um meine Schwester ordentlich zusammenzufalten, doch sie packt einfach meine Hand und zerrt mich aus dem Bett.
„Komm mit!"
Eindeutig, sie ist wahnsinnig geworden.
Wundert mich ehrlich gesagt nicht.
Ich humple ihr im Schlafanzug durch den Flur

hinterher, fluche laut. Der Schmerz nimmt mir die Luft, ich muss mich an Omas alter Holzkommode festhalten. Dieses blöde Bein.
Im Wohnzimmer setzt sich Katrin neben meine Eltern aufs Sofa, starrt auf den Fernseher. Ich bleibe im Türrahmen stehen, will lieber wieder ins Bett. Mutti hat ihr Nachthemd mit dem roten Blumenmuster an und ist ganz bleich. Vor ihr auf dem Couchtisch steht die Schüssel mit Walnüssen, sie hat den Nussknacker in der Hand, hält ihn einfach nur fest. Ihr Lächeln sieht irgendwie traurig aus.
„Was ist los?", frage ich.
Katrin zeigt stumm auf den Fernseher. Walter Momper, der Bürgermeister, sagt etwas über einen Beschluss des Politbüros der DDR. Schon seit dem frühen Abend ist deswegen Theater. Dann ist Momper weg und der Grenzübergang Invalidenstraße wird gezeigt, mit einem Westberliner Nachrichtensprecher davor, um ihn herum stehen ein paar Leute. „Die Lage an den innerstädtischen Berliner Grenzübergängen ist im Moment recht konfus und unübersichtlich", sagt er ins Mikro, verhaspelt sich vor Aufregung. „Hier in der Invalidenstraße hat sich am ganzen Abend noch nichts getan. Viele Schaulustige und

Westberliner stehen hier und warten weiterhin auf die ersten Ostberliner oder DDR-Bürger, die hier zu einem kurzen Besuch herüberkommen."
Mutti seufzt auf und Vati macht ein seltsames Geräusch, als hätte er lachen wollen, es sich dann aber anders überlegt.
„Ich habe erlebt, dass um 21.25 Uhr das erste Pärchen tränenaufgelöst auf uns zugelaufen kam", sagt ein Mann im blauen Jogginganzug.
„Als sie die Westberliner weiße Linie erreicht hatten, sind mir beide um den Hals gefallen und wir haben alle gemeinsam geweint."
„Das kann doch wohl nicht wahr sein", ruft Vati.
„Wo war das?"
„Im Wedding." Mutti fängt an zu weinen.
„Wahnsinn", murmelt Katrin und schaut mich ungläubig an.
Lutz. Ich bin wie vor den Kopf geschlagen, weiß nicht, was ich denken soll. Ich humple zurück in mein Zimmer. Das ist nicht möglich. Das kann nicht sein. Einfach so. Wahrscheinlich ist das alles großer Quatsch.
Katrin kommt zu mir, schüttelt den Kopf. „An der Bornholmer Straße kann man rüber."
Ich hüpfe auf dem rechten Bein zum Fenster. Draußen sieht alles aus wie immer. Wenn ich

mich ein wenig recke, kann ich den Fernsehturm in Mitte erkennen. Bestimmt hört Lutz in seinem Zimmer in Ostberlin gerade laut Musik, so wie früher. Da konnte ich manchmal ewig an der Haustür klingeln, bis er endlich aufgemacht hat. Vielleicht hat er noch gar nichts mitbekommen, weil er kein Westfernsehen sehen darf. Das verdirbt den Charakter, behaupten jedenfalls seine Eltern. Die haben einen richtigen Sprung in der Schüssel.

Ich höre die Klospülung, und Katrin öffnet unsere Zimmertür, schaut hinaus auf den Flur. Leise Schritte. „Nacht!“, ruft Mutti.

„Ihr geht ins Bett?“, fragt Katrin erstaunt.

„Ja, natürlich!“

„Wollt ihr gar nicht wissen, was heute noch passiert?“

„Schau mal auf die Uhr, Vati und ich müssen morgen früh raus. Und du und Nina auch, also ab in die Falle, alle beide!“ Mutti schließt die Schlafzimmertür.

Katrin schaut mich ratlos an. „Die stellen jetzt einfach ihren Wecker und gehen morgen brav zur Arbeit. Diszipliniert wie immer.“

„Vielleicht sind sie geschockt“, sage ich.

„Oder bloß müde.“ Katrin reibt ihre Augen.

↳ Beide Eltern haben Jobs!

„Ich jedenfalls bin hellwach!" Ich zerre Hose, T-Shirt und Strickjacke von meinem Stuhl und lasse mich aufs Bett fallen. Ich muss unbedingt raus und schauen, was los ist. Wenn Leute aus Ostberlin rüber in den Westen können, geht das vielleicht auch umgekehrt. Vielleicht schaffe ich es bis nach Mitte und zur Jannowitzbrücke. Zu Lutz. Vielleicht ist das seine Chance. Unsere Chance! Vielleicht die einzige, die wir haben. Morgen ist bestimmt alles wieder normal.

Katrin mustert mich skeptisch, während ich umständlich den Schlafanzug ausziehe und mir meine Klamotten überstreife, was gar nicht so leicht geht mit einem steifen Bein. „Sag jetzt nicht, dass du zu Lutz willst!"

Ich knöpfe meine Strickjacke zu. „Ich muss ihm Bescheid sagen. Morgen sind vielleicht schon Panzer aufm Alex." Ich erschrecke mich selbst, als ich es sage. Es klingt so hart.

„Du spinnst doch wohl!", ruft Katrin.

„Aber das kann sein", sage ich. „Der Ostblock macht nicht einfach so die Grenze zum Westen auf. Denk an Peking. Oder an Prag. Nie im Leben lassen die sich das gefallen!"

„Prag?"

Sie hat vermutlich ihre letzte Klassenfahrt im

Kopf und nicht das, was ich meine. „1968. Du bist in Geschichte echt 'ne Niete."
Sie haut mir auf den Arm und grinst. „Mathe liegt mir eben mehr. Aber ich komme trotzdem mit nach Ostberlin!"
Das finde ich gut. Allein hätte ich Schiss. Ich hüpfe zu meinem Schreibtisch, öffne die Schublade und nehme den Lederbeutel heraus. Vorsichtig zuppel ich das Band auf und drücke den zentimeterdicken Bernstein heraus. Das ist der Talisman von Lutz. Er hat ihn mal am Strand von Rerik gefunden, und kurz bevor wir in den Westen ausgereist sind, hat er ihn mir geschenkt, als Erinnerung an unsere Zeit. Der Stein sollte mir Glück bringen.
Ich stecke ihn in die Hosentasche und greife nach meiner lila Krücke. So eine bescheuerte Farbe! Die regt mich immer wieder aufs Neue auf.

LUTZ

„So wird das nichts, Sportsfreund!“ Mein Vater packt mich am Arm, schiebt mich über den Flur und zurück ins Zimmer. Und ich Idiot dachte, er würde mich nicht hören. Aber er lag regelrecht auf der Lauer und unsere Wände sind echt dünn. Er schaut sich um. „Wo ist der verdammte Schlüssel?“

Seine Ohren sind knallrot, wie immer, wenn er wütend ist. Er will offenbar meine Zimmertür abschließen, dieses Mal richtig. Seit gestern habe ich zwar offiziell Stubenarrest, doch einsperren ging nicht, schließlich musste ich zur Schule.

Er reckt seinen Arm, tastet über das Regal, öffnet den Hängeschrank und wischt mit seiner schwieligen Hand meine Spartakiade-Medaillen auf den Boden. Zwischen Gold, Silber und Bronze an blau-weißen Bändern landet der Schlüssel. Mein Vater bückt sich, wobei ihm sein Bauch im Weg ist. Stöhnend richtet er sich auf, hält mir den Schlüssel unter die Nase. „Nicht schlecht, das Versteck, ich bin trotzdem zu gut für dich!“ Dann knallt er die Tür hinter sich zu und schließt ab.

Genervt atme ich aus und gehe zum Fenster. Unter mir liegt Berlin. Rote, gelbe, weiße Lichter tanzen vor meinen Augen, auf der Straße knattert eine Schwalbe vorbei. Es sind mehr Autos als sonst unterwegs, bestimmt haben fast alle heute die Nachrichten verfolgt. Nicht heimlich, so wie ich. Meine Eltern haben keine Ahnung, dass ich neuerdings ein Kofferradio besitze und nicht mehr auf ihren blöden Farbfernseher angewiesen bin, wenn ich wissen will, was los ist. Mein Versteck dafür ist so gut, dass es nicht einmal mein Vater findet.

Eigentlich ist es toll, in einem Hochhaus zu wohnen, noch dazu in der fünfzehnten Etage. Von hier oben kann ich so viel sehen, den Alex, den Telespargel und die S-Bahn, die sich zwischen den Häusern durchschlängelt. Wenn ich mich aus dem Fenster lehne und nach links blicke, kann ich sogar über die Grenze schauen, die Nina und mich seit über einem Jahr trennt. Irgendwo in den Häusern hinter der Heinrich-Heine-Straße wohnt sie jetzt, am Moritzplatz in Westberlin. Ich weiß erst seit Kurzem, dass es diesen Platz überhaupt gibt. Westberlin ist auf dem Stadtplan nur als riesige gelbe Fläche eingezeichnet, ohne Häuser, ohne Straßen. Mir kommen die Tränen, wie so oft, wenn ich an Nina denke. Und das tue ich eigentlich andauernd. Sie fehlt mir so. Aber ich habe keine Zeit zum Heulen, nicht heute Nacht. Heute Nacht muss ich was tun.

Ich schaue zu meinem Bett. Soll ich das wirklich machen? Aber ich muss zu Nina, und zwar sofort.

Ich gehe zur Tür, lausche. Meine Eltern sind im Wohnzimmer und reden.

„Wieso machen die denn nichts?“, höre ich meinen Vater rufen. „Die müssen die Leute zurücktreiben! Das können sie doch nicht zulassen!“

Der wieder. Hätte er etwas zu melden, würde er auf die Leute, die gerade Richtung Mauer laufen, schießen lassen, einfach kurzen Prozess machen. Er redet immer so, als wäre er General der Volksarmee, dabei ist er nur Abteilungsleiter beim Lokomotivbau in Hennigsdorf.

Ich bücke mich und ziehe den eingestaubten Karton unter dem Bett hervor. Chemiebaukasten steht darauf, aber da ist längst keine Chemie mehr drin, sondern ein Stemmeisen. Habe ich mir vor ein paar Wochen besorgt, nur für alle Fälle. Ich klappe den Kasten auf und nehme das Eisen heraus. Es liegt kühl in meiner Hand. Was ich jetzt vorhabe, fällt definitiv nicht in die Kategorie „Gutes Benehmen". Ich gehe zu meinem Sternrekorder, drücke die Wiedergabetaste und drehe den Knopf bis zur maximalen Lautstärke.

Ich bin nicht frei und kann nur wählen, welche Diebe mich bestehlen, welche Mörder mir befehlen.

Mein Vater hasst den Song *Keine Macht für Niemand.* Wie erwartet reißt er die Wohnzimmertür auf. „Mach das unmenschliche Getöse aus", brüllt er über den Flur, dann kracht die Tür wieder zu.

Bei *Schreibt die Parole an jede Wand, keine Macht für Niemand* drücke ich das Eisen zwischen Rahmen und Tür. Sie gibt bereits nach, obwohl der Druck nicht groß ist. Sozialistische Qualitätsarbeit eben. *Reißen wir die Mauern ein, die uns trennen. Kommt zusammen, Leute, lernt euch kennen.* Die Tür bricht auf. Nicht gerade leise, aber *Ton Steine Scherben* sind lauter. Ich werfe das Eisen auf den Teppich und laufe zur Wohnungstür. Als mein Vater merkt, was los ist, bin ich schon im Hausflur.

„Lutz! Na warte, Freundchen", brüllt er mir nach.
Ich laufe Richtung Treppenhaus, stürze die Stufen und die Stockwerke runter. Der Stress wird riesig sein, wenn ich zurückkomme, das ist klar.
Auf der sechsten Etage kommt mir Herr Sander entgegen. Der arme Kerl muss seine alten Knochen in den siebten Stock schleppen, weil der Fahrstuhl mal wieder kaputt ist. „Tag", sage ich atemlos und haste an ihm vorbei.
„Schicke Frisur, Junge!", ruft er mir nach. Herr Sander ist echt in Ordnung. Er mag meinen lila Irokesenschnitt, im Gegensatz zu meinen Eltern und den Lehrern, die ständig wollen, dass ich ihn abschneide. Manchmal halten mich wildfremde Leute auf der Straße an und fragen, ob ich es wirklich nötig hätte, so negativ aufzufallen. Keine Ahnung, was die alle für ein Problem damit haben. Ich möchte einfach nur so aussehen, wie es mir gefällt: wie ein Punk.
Unten angekommen laufe ich durch den Eingangsbereich, vorbei an den Briefkästen. Seit über einem Jahr schickt Nina ihre Briefe an Herrn Sander und er gibt sie mir. Das ist ziemlich schlau von Nina und sehr nett von

Herrn Sander. Es macht ihm nichts aus, Post aus dem Westen zu bekommen, weil er Rentner ist und ihm niemand mehr was vorschreiben kann, behauptet er jedenfalls. Und weil er mir hilft, tue ich ihm auch oft einen Gefallen, schleppe ihm die Milchbeutel in die Wohnung oder trage seinen Müll zum Müllschlucker. Es ist ein echtes Glück, dass meine Eltern Ninas Briefe nicht in die Hände bekommen, denn die würden sie bestimmt verstecken oder gleich wegschmeißen. Sie haben mir jeden Kontakt zu Nina verboten, weil sie eine Republikflüchtige ist. Aber das ist Blödsinn, Nina ist einfach aus der DDR ausgereist, wie viele andere Leute auch, das ist doch keine Flucht. Außerdem konnte Nina gar nichts dafür, ihre Eltern haben entschieden, in den Westen zu gehen, und sie und ihre Schwester mussten mit. Der 29. Juni 1988 war der schlimmste Tag in meinem Leben. Seit dem Tag ist die Mauer zwischen uns.

Unten auf der Straße bin ich ganz außer Atem. Ich verstecke mich hinter einem Wartburg, schaue hoch zu meinem Fenster. Das große Licht ist an. Vermutlich begutachten meine Eltern gerade die kaputte Tür, heben das Stemmeisen auf und wundern sich, wie ich das vor ihnen verbergen konnte. Und fragen sich, wie ich so werden konnte, wie ich bin, so ganz anders als sie. Tja.

Ich taste über meine Lederjacke. Den Perso habe ich und mehr brauche ich hoffentlich nicht. Ich muss zum Alex, von dort mit der U-Bahn zur Schönhauser und weiter zu Fuß zum Grenzübergang an der Bornholmer Straße.

Ich laufe los. Wenn die Nachrichten stimmen, werde ich Nina wiedersehen, und zwar heute noch. Und dann kann ich mich endlich richtig bei ihr entschuldigen, nicht nur in einem blöden Brief. Und entschuldigen muss ich mich, schließlich bin ich an unserem bescheuerten Streit am Neptunbrunnen schuld gewesen, ausgerechnet am Tag vor ihrer Ausreise. Aber das wussten wir damals beide nicht.

Ich bin danach wie verabredet zum Müggelsee gefahren, um mich wieder mit ihr zu versöhnen, aber dann ist sie einfach nicht gekommen. Ich hab im Sand gehockt und war stinksauer, auf mich, auf meine Eltern, im Grunde auf alle. Ich hab Steine ins Wasser geschmissen und geheult, weil ich dachte, dass es vorbei wäre, dass sie mit mir Schluss machen wollte. Ich bin dageblieben, bis es echt kühl wurde, hab mich immer wieder nach ihr umgeschaut, während das Strandbad immer leerer wurde. Ich hatte ja keine Ahnung, dass sie da bereits auf dem Weg nach Westberlin war. Erst später habe ich erfahren, dass Nina weg war, für immer. Das war schlimm. Nina war die Einzige, die mich verstanden hat, der ich alles erzählen konnte. Sie hat mir immer zugehört. Und jetzt konnte ich ihr nicht mal vernünftig Auf Wiedersehen sagen und ihr versprechen, dass ich auf sie warten oder nachkommen werde, so wie man das macht, wenn man zusammen ist und voneinander Abschied nehmen muss.

Ein paar Wochen später hat mich Herr Sander im Treppenhaus abgepasst und mir Ninas ersten Brief in die Hand gedrückt. Als ich ihre Schrift erkannte, habe ich richtig wackelige Knie bekommen. „Siehste, Junge“, sagte Herr Sander sanft und tätschelte meinen Kopf. „Die Liebe siegt imma, dit kannste mir glooben.“

Ich laufe immer schneller in Richtung Alex, überhole sogar einen langsamen Radfahrer. Wie wird Nina reagieren, wenn sie mich sieht? Wird sie sich freuen? Ich bin so aufgedreht und glücklich wie schon lange nicht mehr.

NINA

Ich schleiche über den dunklen Flur, was nicht so leicht ist, weil ich mit der Krücke dauernd irgendwo anstoße und Katrin hinter mir kichert.
„Sei leise", zische ich. „Wir fliegen sonst auf!"
Im Schlafzimmer meiner Eltern brennt noch Licht, ich höre sie miteinander reden. Ich kann es nicht fassen, dass sie tatsächlich ins Bett gegangen sind, in so einem Moment. Liegt vielleicht am Alter. Sind wohl schon so abgeklärt, dass sie gar nichts mehr erschüttern kann, nicht einmal sonderbare Geschehnisse an der Berliner Mauer.
Aus Versehen streife ich mit der Krücke die große chinesische Vase, die rechts neben der Kommode steht. Sie wackelt und ich halte den Atem an. Zum Glück fällt sie nicht um. Wieder kichert Katrin, krallt sich von hinten in meine Strickjacke. Sie ist immer so albern, obwohl sie schon neunzehn ist, zwei Jahre älter als ich.
Wir schaffen es bis zur Wohnungstür, ohne dass meine Eltern was merken. Katrin nimmt unsere

Jacken vom Haken. Ich drehe den Schlüssel im Schloss, er klappert ein wenig, vorsichtig öffne ich die Tür und lausche. Irgendwo im Haus spielt Musik. Wir huschen hinaus und Katrin zieht die Tür leise hinter uns zu.
Im Hausflur flackert das Licht. Die Lampe ist schon kaputt, seit wir hier eingezogen sind. Ich stelle meine Krücke ab, lehne mich an die Wand und schlüpfe in meine ollen Germina-Turnschuhe, die ziemlich durchgelaufen und eher grau als weiß sind. Katrin regt sich immer darüber auf, dass ich noch Klamotten aus der DDR trage, sie will unbedingt zu den Westberlinern gehören und nicht als eine von drüben erkannt werden. Sie hat sogar einer Schulfreundin günstig Markenturnschuhe abgekauft. Keine Ahnung, warum sie sich so anstellt. Aber nur weil sie irgendein doofes Problem damit hat, wo sie herkommt, schmeiße ich meine Schuhe noch lange nicht auf den Müll. Schließlich erinnern sie mich an zu Hause, und außerdem hat Lutz die gleichen Schuhe, allerdings zwei Nummern größer.
Katrin reicht mir meinen Anorak, ich prüfe kurz, ob mein Portemonnaie mit dem Ausweis in der Tasche steckt, dann streife ihn mir über.

Wir gehen an der Wohnungstür von Herrn Bollensdorf vorbei, ein paar Meter weiter drücke ich auf den Fahrstuhlknopf. Herr Bollensdorf sitzt oft am Wassertorplatz auf einer Bank, liest Zeitung und füttert die Spatzen. Er erinnert mich ein wenig an Herrn Sander, dem ich immer die Briefe für Lutz schicke.
Der Fahrstuhl kommt, wir steigen ein.
„Wohin gehen wir eigentlich?“ Katrins Haare sehen wie elektrisiert aus, so aufgeregt ist sie.
„Nachschauen, was am Moritzplatz los ist“, sage ich. „Sind ja nur ein paar Meter.“
Sie nickt, dreht sich zur verspiegelten Wand des Fahrstuhls und fährt sich durch die wirren schwarzen Locken. Ihre türkisfarbene Jacke mit den riesigen Schulterpolstern ist viel zu groß, die Jeans dafür sehr eng. Ich bin unscheinbarer in meinem dunkelblauen Anorak.
Draußen auf der Straße ist es nicht sehr kalt, trotzdem setzt sich Katrin ihre rote Mütze mit dem riesigen Bommel auf. Die hat sie letzten Winter im KadeWe gekauft. Mir wäre das Ding ja peinlich.
Wir laufen die Prinzenstraße runter. In vielen Wohnungen brennt noch Licht, meist leuchtet es blau. „Alle hängen vor der Glotze“, sagt Katrin.

Wir sind nicht besonders schnell. Seit ich die Krücke habe, geht alles nur noch langsam. Ich hasse sie, die Krücke und mein Bein. Dieser blöde Skiunfall. Ich hatte mich so gefreut, endlich die Alpen zu sehen! Und dann überredet mich dieser Torsten aus Lindau, den ich kaum verstanden habe, so komisch hat der gesprochen, die Buckelpiste runterzufahren. Hinterher tat es ihm leid, er meinte, er hätte schließlich nicht ahnen können, dass ich noch nie Ski gefahren bin. Natürlich nicht! Ich bin am Helmholtzplatz aufgewachsen und nicht im Thüringer Wald. Und dann war mein linkes Bein im Eimer. Es wird steif bleiben, für immer. Kein Handball mehr, kein Basketball. Nie mehr.
Katrin läuft geduldig neben mir her. Sie weiß, dass ich wütend bin. Auf mich und meine bescheuerte Oberflächlichkeit. Nur weil Torsten ein bisschen wie Lutz aussah, habe ich einfach gemacht, was er gesagt hat. Ich umfasse den Griff der Krücke fester und knalle das Ende in eine Pfütze. Wasser spritzt auf meine Jeans.
„Irgendwann geht die Krücke noch kaputt“, sagt Katrin leise neben mir.
„Unterarmgehhilfe heißt das!“ Das ist der offizielle Ausdruck hier im Westen. Glaubt kein

Mensch. Als ich Krücke zu dem Ding gesagt hab, hat mich die Krankengymnastin streng angesehen. Aber eine nette Bezeichnung macht das Ganze auch nicht besser. Mist ist Mist, egal, wie er heißt, finde ich.

Als wir auf den Kreisverkehr am Moritzplatz zulaufen, beginnt es in meinem Bauch zu kribbeln. Jetzt sind wir fast da. Tagsüber und bei gutem Wetter kann ich von hier aus das Hochhaus von Lutz an der Jannowitzbrücke sehen. Das ist immer ein echt seltsames Gefühl. Er ist so nah, eigentlich müsste man nur geradeaus und die Straße runter, und trotzdem ist er unerreichbar, weil zwischen uns die Mauer verläuft.

Oft vermisse ich ihn sehr. Dann hole ich rasch sein Foto hervor und betrachte es. In der Schule lege ich es manchmal neben meine Hefte und tue so, als würde ich etwas aufschreiben. Dabei schaue ich immer nur ihn an, sein süßes Lächeln, seine Grübchen, seine blitzenden Augen. Mehr als ein Jahr und vier Monate habe ich ihn schon nicht mehr gesehen.

Unser letztes Treffen war nicht schön. Wir haben uns erst angeschwiegen und dann nur noch gestritten, weil wir einfach nicht wussten, was

wir machen sollten, wie es weitergehen würde. Dass meine Eltern einen Ausreiseantrag gestellt hatten, hing wie eine dunkle Wolke über uns. Ich merke, wie mir wieder die Tränen kommen.
„Weinst du etwa?" Katrin geht langsamer, schaut mir aufmerksam ins Gesicht.
„Nö", sage ich und humple schneller. Leider bekommt sie immer alles mit, das ist das Dumme, wenn man sich ein Zimmer teilt. Früher am Helmholtzplatz im Prenzlauer Berg hatte ich mein eigenes. Unsere Fünf-Raum-Wohnung war riesig, aber leider echt heruntergekommen. Dritter Stock, im Winter musste ich jeden Tag Kohlen aus dem Keller holen, für insgesamt vier Öfen. Und die Elektrik stammte noch aus der Zeit der Weimarer Republik, das sagte zumindest mein Vater oft. Mittlerweile sind wir am Moritzplatz angekommen. „Da sind Leute am Grenzübergang", rufe ich.
Besonders aufregend sieht das Ganze allerdings nicht aus. Ein paar Autos parken unter dem Dach einer Durchfahrt, und auf der Straße stehen Leute und schauen neugierig Richtung Norden. Sie rauchen und reden miteinander.
Katrin steuert auf einen Mann in Jeansjacke zu.

Er trägt einen speckigen Rucksack mit Anti-Atomkraft-Aufnäher und hat nur noch wenig Haare, die er quer über seinen Kopf gekämmt hat. Vati macht sich über solche Männer immer lustig. Keine Gegenwindfrisur, sagt er dann.
„Gibt's was zu sehen?", fragt Katrin ihn.
Der Mann dreht sich um, mustert erst sie, dann mich. „Nein. Nichts. Wäre ja auch zu schön, um wahr zu sein." Er ordnet seine dünnen Strähnen. „Oben an der Osloer ist mehr los. Da kommen viele aus Ostberlin an, hat gerade jemand im Vorbeilaufen gesagt."
„Morgen herrscht wieder Ruhe, das ist sicher", ruft eine Frau in hellblauer Kunstlederjacke mit riesigem gelben Gürtel. „Niemals lässt die DDR ihre Leute rüber."
Ich packe Katrin am Arm. „Komm mit, wir müssen weiter."
„Zur Osloer Straße?"
„Ja." Ich humple los, doch sie zieht mich zurück.
„Warte!" Sie stützt ihre Hände in die Hüften.
„Du willst jetzt bestimmt mit der Linie 1 Richtung Zoo fahren und dann in die 9 umsteigen, richtig?"
Ich nicke.
„Hier lang geht's viel schneller!" Und sie zeigt

auf die Treppe vom U-Bahn-Eingang. Sofort bekomme ich weiche Knie. Sie weiß ganz genau, dass das nicht geht!

„Nein!“ Ich umklammere die Krücke, trete einen Schritt zurück.

„Du musst dich eben überwinden. Das ist der direkte Weg.“

„Aber er ist so gruselig.“ Ich bin nur einmal mit der Linie 8 gefahren und habe mir geschworen das nie wieder zu tun.

Katrin geht einfach vor mir die Treppe hinunter. Ich starre auf ihre Umrisse, die sich scharf vom gelben Licht des U-Bahn-Eingangs abgrenzen. Unten dreht sie sich um. „Nun komm endlich!“

Sie hat recht. Wenn wir über Zoo fahren, dauert es viel länger. Vielleicht zu lange. Obwohl mir mulmig ist, setze ich die Krücke auf und halte mich mit der freien Hand am Geländer fest. Ein Schritt, noch einer. Und noch einer.

Katrin wartet geduldig, bis ich unten bin. „Gut gemacht!“

Langsam gehen wir weiter zur nächsten Treppe, die zum Bahnsteig führt. Katrin legt ihren Arm um meine Schulter. Ehrlich gesagt bin ich froh, dass sie mitkommt. Ältere Schwestern nerven zwar oft, aber sie beschützen einen auch.

„Es ist gar nicht so schlimm. Man sieht fast nichts“, sagt sie.
Das ist doch gerade das Unheimliche. Die U-Bahn fährt mitten unter Ostberlin hindurch. Sechs Bahnhöfe, an denen sie nicht hält. Sechs Bahnhöfe, die nur spärlich beleuchtet sind, mit vielen dunklen Ecken. Geisterbahnhöfe sagen die Westberliner dazu. Als ich noch am Helmholtzplatz gewohnt habe, wusste ich gar nicht, dass es diese Bahnhöfe überhaupt gibt. Sie stammen von früher, als Berlin noch nicht geteilt war, und sind im Ostberliner Stadtplan gar nicht eingezeichnet. Schließlich könnte man über diese Bahnhöfe und die Tunnel in den Westen abhauen, zumindest theoretisch.
Auf dem Bahnsteig zittern meine Knie, aber ich gehe weiter. Vielleicht sehe ich heute Lutz wieder und dann lasse ich ihn nie wieder allein, so wie damals nach unserem Streit. Eigentlich wollte ich mich mit ihm am Müggelsee wieder vertragen, aber dann ist unsere Ausreise dazwischengekommen. Meine Eltern hatten nur einen Tag Zeit, alles zu organisieren, auf die Ämter zu rennen und unsere Sachen zu packen. Und das nach Jahren der Warterei. Als ich ihnen damals sagte, dass ich unbedingt noch zum

Müggelsee müsste, zu Lutz, haben sie mich angesehen, als wäre ich verrückt geworden.
Ich schaue mich um. Obwohl es schon spät ist, warten auf dem U-Bahnsteig etliche Leute. Eine schick gekleidete Frau mit einem Aktenkoffer, drei türkische Frauen, die eng beieinanderstehen und leise miteinander reden, ein Typ mit Zopf und Basecap und einem riesigen Kassettenrekorder auf der Schulter. Er raucht und blickt Katrin interessiert an. Kein Wunder. Sie ist hübsch mit ihren großen Augen und den schwarzen Locken, die jetzt allerdings fast von der roten Bommelmütze bedeckt sind.
Ein Rauschen und Donnern im Tunnel, die U-Bahn fährt ein. „Paracelsus-Bad" steht dran. Katrin drückt die Tür auf. „Moritzplatz, letzter Bahnhof in Berlin-West", ertönt es aus dem Lautsprecher.
Ich setze mich hin und versuche an nichts zu denken. Katrin setzt sich mir gegenüber. „Die Fahrt dauert nicht lang."
Die Türen schließen sich, die U-Bahn beschleunigt. Schon sind wir mitten in diesem unheimlichen Tunnel.
Katrin nickt mir zu. „Komm, wir spielen ein Spiel."

„Wieso? Ich bin doch nicht mehr fünf!“

„Zur Ablenkung, Mensch! Was war im April dein Lieblingssong? Und sag jetzt nicht *It's called a heart* von Depeche Mode, die Antwort kenn ich schon.“

„Wieso ausgerechnet im April?“

Sie zuckt mit der Schulter. „Einfach so.“

Vermutlich hat sie angenommen, dass ich lange nachdenken muss. Muss ich aber nicht. Im April bin ich jeden Tag auf meiner lila Krücke zur Krankengymnastin in die Skalitzer Straße gehumpelt und habe mit meinem Walkman nur diesen einen Song gehört. *Alle Straßen endlos, Barrikaden gab's für uns doch nicht.*

Die U-Bahn fährt langsamer, und es wird etwas heller, aber nur ein wenig. Ich drehe mich zum Fenster.

„Musst du echt so lange überlegen?“

Schemenhaft erkenne ich den Bahnsteig. Heinrich-Heine-Straße. Die Grenze. Genau über uns sind Schlagbäume, Stacheldrahtzäune, die Mauer. Und hier unten sicher auch, man sieht das alles nur nicht richtig. Ob in den dunklen, unheimlichen Ecken ein Soldat hockt und die Maschinenpistole griffbereit hat?

„Nun sag schon“, drängelt Katrin.

„Hinterm Horizont“, antworte ich gedankenverloren.
„Udo? Das hätte ich nicht gedacht. Ist doch langweilig!“
Finde ich nicht. Der Song passte einfach. Zu Lutz und mir.
Hinterm Horizont geht's weiter, ein neuer Tag; hinterm Horizont immer weiter, zusammen sind wir stark
Die U-Bahn fährt wieder schneller, die Lichter verschwinden, ich erkenne mich in der Scheibe, die vor dem schwarzen Hintergrund wie ein Spiegel wirkt. Ich sehe blass aus in diesem Dämmerlicht. U-Bahnhof Jannowitzbrücke, der nächste Geisterbahnhof. Lutz ist hier ganz in der Nähe. Genau in diesem Augenblick fahre ich unter seinem Hochhaus durch. Ich bekomme eine Gänsehaut und stecke schnell meine Hand in die Hosentasche, da ist der Bernstein von Lutz, an dem halte ich mich fest.
Plötzlich sitzt der Rekorder-Typ neben Katrin.
„Wollt ihr mal was richtig Cooles hören?“
Er dreht den Rekorder laut. Die Musik dröhnt durch den Waggon. *Pump up the jam, pump it up While you feet are stompin'*
Die Frau mit dem Aktenkoffer dreht sich um, schaut uns streng an.

Make my day
Alexanderplatz. Ich blicke aus dem Fenster auf eine gemauerte Wand. Sie teilt den Bahnsteig der U-Bahn-Linie 8 in zwei Hälften, das hat mal ein Lehrer aus meiner neuen Schule erzählt. Hinter der Wand laufen die Leute aus der DDR von der Linie A zur Linie E, ohne zu ahnen, dass die West-Linie nur wenige Meter entfernt ist. Auch ich habe das früher nicht gewusst und nun bin ich auf der anderen Seite. Schon wieder bekomme ich eine Gänsehaut.
„Können Sie die Musik bitte etwas leiser machen, junger Mann?“, fragt die Frau mit dem Aktenkoffer.
Der Typ stellt den Song noch lauter. Erstaunt blicke ich ihn an. Ich würde mich so was niemals trauen, aber so sind die Leute im Westen, viel selbstbewusster. Wenn man ihn jetzt hier aussetzen würde, ganz allein in Ostberlin, dann würde die Sache vielleicht anders aussehen. Wahrscheinlich würde er sich vor Angst in die Hose machen.
In einer Ecke des Bahnsteigs erkenne ich einen Schatten, eine Bewegung. Ob das ein Grenzsoldat ist? Ich senke meinen Blick, betrachte den abgewetzten Fußboden des

Waggons. Unter dem Sitz liegt eine leere Bierdose, um sie herum sind Spritzer.
Ich schaue wieder in die Dunkelheit des Tunnels und bin echt nervös. Ob man wirklich über die Grenze kommt? Das ist so unvorstellbar, so absurd, dass es eigentlich nicht sein kann. Und trau ich mich überhaupt rüber? Was ist, wenn die Grenze hinter uns wieder dichtgemacht wird und wir im Osten bleiben müssen? Unsere Eltern würden völlig ausflippen, und zwar zu Recht. Erst dieses ganze Ausreisetheater, und dann so was. Aber zumindest wäre ich dann bei Lutz.
Plötzlich wird es hell. Der Bahnhof ist voll beleuchtet. Voltastraße. Wir sind wieder im Westen. Ich atme auf.
Die U-Bahn hält an der Osloer Straße. Wir steigen aus und laufen die Treppe nach oben. Hier sind viele Menschen und es werden immer mehr, je weiter wir gehen. Es riecht nach Zigarettenrauch und Sekt. Oben auf der Straße strömen unzählige Menschen an uns vorbei, winken, lachen, jubeln. Es ist irre laut. Ich sehe mir ihre Klamotten an.
„Mann, die sind echt von drüben, von uns!"
Katrin läuft in die Menschenmenge und rempelt einen Mann mit Schirmmütze an, dem das

völlig egal ist. Er geht weiter, ohne sich umzudrehen.
„Sind Sie über die Bornholmer Straße gekommen?“, fragt Katrin eine Frau, deren Wimperntusche verlaufen ist. Sie hat ein zerknülltes Taschentuch in der Hand und nickt. „Ich komme aus Weißensee!“ Ihre Stimme zittert und sie geht weiter.
Katrin klammert sich an mir fest. „Wahnsinn“, flüstert sie.
„Echt“, murmele ich. „Das glaube ich nicht.“

LUTZ

Die Linie A ist voll von Leuten, die an der Schönhauser aussteigen. Einige laufen in die Seitenstraßen, aber ich bleibe lieber auf der hellen Allee. Habe keine guten Erfahrungen mit dunklen Ecken gemacht. Skins und Volkspolizisten mögen keine Punks. Einmal haben mich Polizisten kontrolliert, während nur wenige Meter weiter ein paar Skins lauerten. War klar, dass die es auf mich abgesehen hatten. Trotzdem haben die Polizisten mich genau in deren Richtung geschickt, ich hatte keine Chance, bin windelweich geprügelt worden. Die Polizisten haben sich nicht mal nach mir umgedreht. Am Ende haben die Skins sogar meine Platte *Kleeblatt 23* zerbrochen, das war das Allerschlimmste, weil da Songs von *Feeling B* drauf waren. Als ich das alles meinem Vater erzählt habe, hat er mir natürlich nichts davon geglaubt. Solche Geschichten stören seine Ordnung.
Eins ist klar: Die Skins sind heute vermutlich

längst besoffen und die Volkspolizei hat definitiv Besseres zu tun, als ausgerechnet mich ins Visier zu nehmen. Halb Berlin scheint auf dem Weg zur Staatsgrenze zu sein, da interessiert sich keiner für einen Punk. Ich biege in die Bornholmer Straße ein. Irgendwo bellt ein Hund. Unendlich viele rote Rücklichter. Glaube nicht, dass ich jemals so viele Autos auf einem Haufen gesehen habe. Weißer Trabbi, blauer Trabbi, weißer Trabbi, gelber Wartburg, weißer Trabbi. Ein abgeschrammtes Westauto. Weil es nicht weitergeht, stehen die meisten Fahrer vor ihren Autos, lehnen am Kotflügel, rauchen. Eine Frau kramt in ihrer Handtasche. „Irgendwo muss mein Ausweis sein!"
Es stinkt nach Abgasen. Anhaltendes Hupen, Menschen rufen. „Wann geht's weiter?"
„Ich glaub es nicht", schreit ein Typ aus einem laut knatternden Barkas heraus. „Das ist einmalig!"
Ich laufe immer schneller Richtung Grenze. Weiter vorne, wo die Brücke sein muss, sind noch mehr Leute. Das ist einmalig, hallt es in mir nach. Neulich erst habe ich das gedacht, als ich vom Fenster aus mit meinem Fernglas die riesige Demonstration auf dem Alex beobachtet

habe, die größte Demo, die es in der DDR jemals gegeben hat. Eine Million Leute waren dort. Viele hatten gebastelte Transparente mit selbst ausgedachten Sprüchen dabei, nicht wie sonst mit den von der SED abgesegneten. *Arbeite mit, plane mit, regiere mit. Je stärker der Sozialismus, umso sicherer der Frieden!* So was trug niemand mehr, stattdessen: *Das Volk braucht die SED wie der Fisch das Fahrrad.* Noch ein paar Tage vorher wäre man dafür in den Knast gewandert. Und nun ging es plötzlich. So wie jetzt. Wir laufen auf den Grenzübergang zu und niemand hält uns auf.
An einer Seitenstraße drückt sich ein Händchen haltendes Pärchen an mir vorbei, er ist schneller als sie, zieht sie mit sich.
Vor mir geht eine ältere Dame mit Dutt, sie dreht sich immer wieder um, als ob sie jemanden sucht. Ihr Gesicht ist ernst, vielleicht hat sie Angst, obwohl die Stimmung ausgelassen ist. Ich lächle ihr aufmunternd zu und sie lächelt zurück. Das passiert mir normalerweise nicht, nicht mit meinem Aussehen. Neulich wollte ich am Ostkreuz einer Omi die Tasche hoch zur S-Bahn tragen, aber sie hat ängstlich den Griff festgehalten und ist auf der Treppe stehen geblieben wie ein störrischer Esel.

Am Straßenrand stehen zwei Herren von der Firma. Sind mal wieder gut zu erkennen in ihren komischen Blousons und Trenchcoats. Irgendwo in Berlin muss es einen Laden extra für Stasiklamotten geben. Die beiden sehen fassungslos in die Menge, ich möchte ihnen zuwinken, wende dann aber doch den Blick ab und schaue nach vorn. Besser keine Aufmerksamkeit erregen.
Alle Leute laufen Richtung Grenze. Es ist total unwirklich. Vielleicht ist es eine Falle? So nach dem Motto: Wer jetzt zur Mauer geht, ist ein Feind des Sozialismus. Sollte ich lieber wieder abhauen? Aber hier sind so viele Menschen, die kann man nicht einfach alle wegsperren. Wohin denn auch?
Ich laufe an Autos vorbei, die immer wieder anfahren und stoppen, anfahren und stoppen. Zwei Männer schieben einen Trabbi an, aus der Menge ist Gelächter zu hören. „Die Rennpappe will nicht rübermachen!"
Ich zwänge mich durch die Menschen, was mit jedem Meter schwerer wird. Dicht gedrängt stehen wir zwischen einem Zaun und einer Wand. Ich recke mich, um besser sehen zu können, was vorne passiert. Da ist so eine Art

Abfertigungsgebäude und hinter einem Stacheldrahtzaun stehen Grenzposten im hellen Scheinwerferlicht. Leute gehen nacheinander an ihnen vorbei. Sie zeigen etwas vor, vermutlich ihren Ausweis. Es dauert nur wenige Sekunden, dann sind sie durch und verschwinden hinter dem Gebäude. Eine Frau springt vor Freude in die Höhe.

Weiter rechts fährt nach einer kurzen Kontrolle ein Trabbi über einen Bereich, vor dem viele Verbotsschilder stehen. Sein Motor knattert laut. Menschen drücken mich nach vorne und irgendwann stehe ich am Stacheldrahtzaun. Jemand zerrt an meiner Schulter, ein anderer tritt mir auf den Fuß. Ich bekomme Zigarettenrauch ins Auge. Vor mir zerreißt ein Typ seinen Personalausweis. „Ab heute gibt es bundesdeutsche Pässe!“

Die Menschen rufen, lachen, schreien. „Achtundzwanzig Jahre!“ Blitzlichter. Reporter machen Fotos. „Das kann doch alles gar nicht sein, wa“, sagt jemand neben mir.

Plötzlich geht es nicht mehr weiter, niemand wird mehr durchgelassen. Vor mir diskutieren ein paar Männer mit den Grenzposten. „Wir wollen nur mal eine Stunde rüber!“

„Aufmachen!“, ruft die Menge. „Tor auf! Tor auf!“
„Wir kommen wieder!“
„Keine Gewalt!“
Vorne am Schlagbaum stehen mehrere Soldaten. Sie wirken unsicher. Ein paar Leute steigen über den Schlagbaum, einfach so, und werden nicht aufgehalten. Das sehe nicht nur ich, das sehen alle. Ein Ruck geht durch die Menge. Sie drückt mit aller Macht nach vorne. Ich werde mitgerissen, Leute trampeln mir in die Hacken, ich falle fast hin, halte mich am Arm von jemandem fest, bekomme Ellenbogen in die Seite und Tritte gegen das Schienbein. Lautes Gebrüll, Jubelrufe, Lachen. „Mensch, is dit knorke“, ruft eine Frau mit heller Stimme.
Plötzlich ist der Schlagbaum direkt neben mir. Er ist inzwischen offen, ich laufe daran vorbei, die Frau vor mir reißt ihre Arme hoch und kreischt. Zusammen rennen wir vorbei an Grenzposten, Autos, Stacheldrahtzäunen und Baracken. Ich stolpere, fange mich wieder. „Mächtig gewaltig“, brüllt mir jemand ins Ohr. Und dann sehe ich sie, die Brücke. Ein stetiger Strom von Menschen läuft auf sie zu, lässt sich nicht mehr aufhalten. So etwas Tolles habe ich

noch nie erlebt. Noch nie! Ich renne weiter. „Wahnsinn!“ Aus allen Richtungen schallt dieses eine Wort: „Wahnsinn!“

Menschen aus dem Westen kommen uns entgegen, eine rothaarige Frau mit grüner Wollmütze umarmt mich, drückt mir eine Flasche in die Hand, lacht. Kupferberg Gold. Ich trinke einen Schluck, der Sekt prickelt auf meiner Zunge. Ich reiche die Flasche weiter an einen lachenden Mann mit schwarzer Hornbrille und Schnauzbart.

Eine Frau lehnt am Geländer der Brücke und starrt regungslos in die Nacht. Auf dem Arm hat sie einen Pekinsen, der bellt und bellt. Der hat bestimmt keine Ahnung, was auf einmal los ist. So geht es allen hier! Ein Mann mit Glatze boxt mir kumpelhaft in den Bauch, ich lache ihn an, boxe zurück, kann nicht glauben, was gerade passiert. Überqueren wir wirklich die Grenze zu Westberlin? Wie ist so etwas möglich? Träume ich? Zwei Freundinnen fallen sich in die Arme, hüpfen umklammert herum, rempeln mich an, schreien und juchzen. „Freiheit“, brüllt jemand weiter vorne. „Endlich!“, ruft jemand hinter mir. Freiheit. Bisher konnte ich mir darunter nie so richtig was vorstellen, aber jetzt weiß ich, wie sie

sich anfühlt. Völlig verrückt! Hätte ich keine Pläne, würde ich jetzt einfach hier stehen bleiben und mir alles anschauen. Doch das geht nicht, ich muss zu Nina.
Ich laufe über die Brücke, und als ich am Ende ankomme, springen wieder alle hoch, umarmen sich, klatschen. Wir haben es geschafft! Wir sind drüben!
Ich schaue kurz zurück. Die Westseite der Grenze sieht so harmlos aus. Kein Stacheldraht, keine Absperrungen, nur eine bunt bemalte Mauer. Die Menschenmenge schiebt mich weiter. Ich latsche jemandem auf den Fuß, schaue auf den Boden. Ein einziges Gewimmel. Turnschuhe, Lederschuhe, Aktentaschen, Hirschbeutel, eine lila Krücke.

NINA

Ich bin wieder im Prenzlauer Berg und kapiere nicht, wie das so plötzlich geschehen konnte. Es ist total unwirklich. Fast mein ganzes Leben lang habe ich hier gewohnt. Überall sind Autos und aufgeregte Menschen. Die Luft ist dick von Abgasen.

Neben mir entzündet ein Mann eine Wunderkerze, er trägt eine riesige Schapka.

Katrin läuft ein Stückchen vor, dreht sich tanzend um sich selbst.

Ich bleibe stehen, stütze mich an einem Baum ab, fühle die harte Rinde unter meinen Fingern und atme durch. Wir sind jetzt mitten auf der Schönhauser, unserem früheren Revier. Ich schleife meine Krücke über den Asphalt, mir tut das Bein weh. Ich soll mich zwar bewegen, sagt meine Krankengymnastin, aber so doll sicher nicht. Vorhin im Gedränge ist mir auch noch jemand auf den Fuß gelatscht.

Ich halte die Augen offen, sehe mir die Leute genau an, die uns entgegenkommen. Es ist ja möglich, dass Lutz doch Nachrichten geschaut hat und auch hier ist. Ob er sich verändert hat, seit wir uns das letzte Mal gesehen haben? Sicher trägt er noch seine Jeansjacke, auf die er immer so stolz gewesen ist. Eine schwarze Katze läuft über die Straße, von rechts nach links. Bringt das Glück?

Katrin drückt sich dicht an mich, flüstert mir ins Ohr. „Ich würde so gern in die Schliemann, schauen, was dort los ist."

Ich habe es zwar eilig, aber diesen Wunsch kann ich ihr nicht abschlagen, die Schliemann ist schließlich unser Zuhause. Schweigend laufen wir in die Stargarder und vorbei an der Gethsemanekirche. Ein paar Leute stehen davor und reden leise miteinander. Eine Frau hält eine brennende Kerze in der Hand. Plötzlich bleibt meine Krücke an einem lockeren Pflasterstein hängen, ich falle fast hin.

In diesem Augenblick wird mir klar, dass ich auf dieser Straße, durch die ich in meiner Kindheit andauernd gelaufen bin, das erste Mal auf Krücken gehe. Der Unfall ist im Westen passiert. Wären wir nicht ausgereist, wäre mein Bein nicht kaputt.

Lutz ahnt nichts davon, habe es ihm nie

geschrieben, wozu auch. Vielleicht will er nichts mehr von mir wissen, weil ich nun ein Krüppel bin? Der Gedanke tut so weh, dass ich fast heulen muss.
Wir laufen an einer Wohnung vorbei, die zwei Fenster hat, die von innen mit Pappe zugeklebt sind, weil die Glasscheiben kaputt sind. Trotzdem wohnen dort Leute.
Wir hatten nach der Ausreise lange nicht mal eine Wohnung und auch keine eigenen Möbel. Wir hatten eigentlich überhaupt nichts, aber zumindest waren meine Eltern erleichtert. Ich nicht. Ich hatte riesiges Heimweh und Sehnsucht nach Lutz. Aber das interessierte niemanden, und so behielt ich es für mich, schämte mich im Stillen. Meine Eltern hatten so viel für unsere Freiheit aufgegeben und ich machte ihnen das Leben mit meiner schlechten Laune schwer. Als ich mir dann noch das Bein verhunzte, wollte ich nur noch nach Hause.
Jetzt bin ich wieder hier. Ich atme tief ein. Der vertraute Geruch nach Zweitaktmotoren und Kohleöfen.
Wir biegen um die Ecke, laufen in die Straße hinein und fast vor bis zum Helmholtzplatz. Katrin und ich schauen an unserem Haus empor.

In unserer Wohnung im dritten Stock brennt Licht, anscheinend ist jemand Neues eingezogen. Komisches Gefühl.
„Sie ist noch wach“, flüstert Katrin. Auch ich sehe die Kerze im Fenster der Parterrewohnung und bekomme sofort ein schlechtes Gewissen, weil ich mich nie wieder bei ihr gemeldet habe. Frau Smolinski ist damals echt nett zu uns gewesen, hat uns immer unter die Arme gegriffen, wenn wir etwas brauchten. Und das war eigentlich dauernd der Fall, weil Mutti und Vati nicht mehr arbeiten durften, nachdem sie den Ausreiseantrag gestellt hatten. Sie mussten nach und nach unseren gesamten Haushalt verkaufen, um weiter über die Runden zu kommen. Geschirr, Besteck, Möbel. Einmal kam ein Nachbar aus dem Hinterhaus bei uns vorbei, Herr Schnuckmann, der das Meißner Porzellan von meiner Uroma haben wollte. Frau Smolinski war zufällig auch in der Wohnung und regte sich darüber auf, wie wenig Herr Schnuckmann dafür bot, und stritt sich mit ihm herum. Am Ende gab er Vati zwanzig Mark mehr, mit verkniffenem Gesicht. Mutti heulte am Küchentisch, als alle weg waren. Wir sind eben in keiner guten Verhandlungsposition, hatte Vati

gemurmelt, war vom Tisch aufgestanden und hatte raus auf den Hinterhof geschaut, über den Herr Schnuckmann unsere Kartons trug.
Katrin klopft an die Fensterscheibe. Einmal, zweimal. Die Kerze wird beiseitegeräumt und das Fenster geht auf. Frau Smolinski sieht älter aus und hat wie immer ein Tuch um den Hals, weil sie sich so leicht erkältet. Sie guckt sehr verdutzt. „Katrin? Nina?“
Ich bekomme keinen Ton heraus.
„Ja, wir sind's!“ Katrin lacht.
„Dann kommt mal rein.“ Frau Smolinski schließt das Fenster.
Katrin läuft vor, schiebt die schwere Haustür auf, schaltet das Licht an und ich trete das erste Mal seit Langem wieder in unseren alten Hausflur. Hier riecht es immer noch muffig und die Steinfliesen mit den blau-weißen, quadratischen Mustern sind noch genauso abgewetzt wie früher. Die Wohnungstür unten rechts geht auf, und Frau Smolinski kommt herausgeschossen, drückt erst Katrin und dann mir herzlich die Hand.
„Wieso hast du eine Krücke?“, fragt sie mich besorgt.
„Lange Geschichte.“
„Die will ich aber hören! Kommt rein in die gute

Stube!", sagt sie und läuft freudig zurück in ihre Wohnung.
Dann stehen wir im Flur von Frau Smolinski und mein Blick fällt auf den kleinen Abreißkalender, der wie früher an einem blau lackierten, mit weißen Blümchen bemalten Brett hängt.
9. November 1989.

LUTZ

Beim Aussteigen aus der U-Bahn muss ich richtig aufpassen, mich nicht von all den Menschen mitziehen zu lassen, die auf dem Weg zum Kurfürstendamm sind. Ich will da nicht hin. Vorhin haben mich die Leute mitgerissen. Wir sind alle wie besinnungslos über die Brücke gerannt und in einen Doppeldeckerbus gestiegen, der zum Bahnhof Osloer Straße gefahren ist. Der Bus ist so rappelvoll gewesen, dass der Fahrer mehrere Durchsagen machen und alle bitten musste, enger zusammen zu rücken. Von der Osloer Straße ging es weiter mit der U-Bahn-Linie 9, und nun bin ich also am Zoologischen Garten. Aber hier habe ich definitiv nichts verloren. Ich muss zu Nina nach Kreuzberg.

Vor mir der Westberliner U-Bahn-Plan. Es gibt viel mehr Strecken als bei uns, der Plan ist auch bunter. Jemand rempelt mich an. „Na Kumpel, haste dir verloofen? Biste von drüben?"

Ich drehe mich um. Er hat einen Iro wie ich, eine

schwarze, durchlöcherte Lederjacke, zerrissene Jeans. Auf seinem grauweißen T-Shirt steht *Punk's Not Dead.* Und er trägt Doc Martens, das Original!

Ein echter Punk aus Westberlin. Als er grinst, sehe ich, dass ihm ein Eckzahn fehlt. „Haste Watte inne Ohren? Wo willste hin?"

„Wassertorstraße", antworte ich, fast ein bisschen eingeschüchtert von seinem Halsband, das mit scharfen Zacken besetzt ist. Da können die Sicherheitsnadeln und Rasierklingen, die am Kragen meiner Lederjacke hängen, nicht mithalten.

„Kreuzberg?"

Ich nicke und er grinst. „Muss ich auch hin. Komma mit."

Ich laufe ihm hinterher, ein Stück den Bahnsteig runter, dann eine Treppe hoch. Nun stehe ich auf einem anderen Bahnsteig. Überall sind Leute, überall ist Menschengewimmel. Der Westpunk begrüßt mit lautem Gejohle zwei andere Punks, einer von ihnen hat knallrote Haare. Ein Schäferhund rennt bellend auf mich zu, um den Hals hat er ein Tuch mit Totenköpfen drauf.

„Bulle, hör uff!" Der Punk mit den roten Haaren pfeift ihn zu sich.

Mein neuer Bekannter haut mir auf die Schulter. „Der kommt von drüben und will nach Kreuzberg!"
Die drei umringen mich, begutachten meine Klamotten. Den Sex-Pistols-Anstecker, den ich mir auf dem Schwarzmarkt besorgt habe. Die ollen Arbeitsschuhe, meine Lederarmbänder. Einer berührt vorsichtig meinen Iro.
Der Punk mit den roten Haaren drückt mir eine Dose Bier in die Hand. Er hat *no future* auf den Zeigefinger und *God save the Queen* auf den Ringfinger tätowiert. An seinem Handgelenk baumeln Handschellen.
Die U-Bahn kommt. Ich steige mit den Punks ein, die sich auf die Sitze hauen, die Füße auf die Sitze gegenüber legen und ihre Bierdosen aufreißen, während Bulle frei im Waggon umherläuft und die Mitfahrer beschnuppert. Ich bleibe unschlüssig neben einer Frau in Stonewashed-Klamotten und ihrem Freund stehen. Die beiden sind aus Pankow und haben vorhin mit mir im Bus gesessen. Sie flüstern leise miteinander.
Die Westpunks erzählen lautstark von einem Norbert, den sie unbedingt heute noch treffen müssen. Ich habe noch immer die Bierdose in der

Hand, weiß nicht, wohin damit, und stecke sie ungeöffnet in die Jackentasche.
Der Hund bellt die Frau neben mir an.
„Schnauze, Bulle!“, ruft sein Herrchen und die Frau zuckt erschrocken zusammen.
Ich schaue aus dem Fenster in den schwarzen Tunnel und betrachte mein Spiegelbild. Rein äußerlich passe ich eher zu den Westpunks als zu den Leuten aus Pankow. Auf einmal fährt die U-Bahn oben, so wie bei uns an der Dimitroffstraße. Unter mir ist Westberlin, ein einziges buntes Leuchten. Überall Lichter, überall Menschen. Und hinter all den Lichtern ragt unser Fernsehturm in den Himmel, als wäre nichts geschehen, als wäre alles wie immer. Nie hätte ich gedacht, dass ich ihn mal von dieser Seite Berlins anschauen würde. Es ist eine Stadt und erst jetzt wird mir das klar. Ich habe es immer gewusst, aber nie richtig begriffen. Als ich vorhin über die Grenze gekommen bin, ist mir aufgefallen, dass die Häuser in der Osloer Straße genauso aussehen wie die im Prenzlauer Berg, sind im Westen zwar besser in Schuss, aber es ist die gleiche Bauweise, die gleiche Architektur. Ein seltsames Gefühl. Als hätte es in meiner Wohnung jahrelang eine verschlossene

Tür gegeben, die sich nun öffnet und in ein fremdes und gleichzeitig vertrautes Zimmer führt. Ich presse meine Nase an die Scheibe, schaue und schaue. Es ist peinlich, aber ich kann mich einfach nicht sattsehen.

„Wahnsinn", sagt die Frau neben mir.

„Echt mal", antworte ich gedankenverloren.

Wir fahren in den Bahnhof Kottbusser Tor ein.

„Eh", brüllt der Punk plötzlich los. „Du hättest an der Prinzenstraße aussteigen müssen! Nu musste zurückloofen!"

Erschrocken schaue ich ihn an, reiße die Tür auf und springe aus der U-Bahn. Auf der Treppe nach unten sieht es aus wie bei uns, sogar schlimmer. Wie viel Müll hier herumliegt!

Draußen an der Kreuzung warten Westautos auf grünes Licht, Imbissläden haben geöffnet, ich höre laute Musik und rieche gebratene Zwiebeln. Mein Magen knurrt.

Ich laufe unter einem hässlichen Neubau hindurch. Die Häuserwände sind beschmiert. „Heroin raus" steht da, daneben „Fighting in a concrete jungle" und „Bullen raus aus Kreuzberg".

Mir kommen zwei ältere Männer entgegen, die sich in einer Sprache unterhalten, die ich nicht

verstehe. Auf einmal wird mir ganz warm ums Herz. Das Tor zur Welt hat sich heute geöffnet, ich kann laufen, wohin ich will! Ich bin so froh, dass ich einen der Männer einfach anlache. Er nickt freundlich, aber zurückhaltend.
„Ich komme aus Ostberlin!“, rufe ich.
Der Mann bleibt stehen. „Wirklich?“
Er scheint mir nicht zu glauben. Ich ziehe meinen Ausweis hervor, nicht mit zitternden Fingern und nervös wie sonst, wenn mich die Polizei kontrolliert und schikaniert, sondern selbstsicher und sogar ein wenig stolz.
Der Mann schaut gar nicht hin, drückt nur meinen Arm. „Herzlich willkommen in Heimat!“ Dann umarmt er mich ganz fest.
Als er mich wieder loslässt, hat er Tränen in den Augen. Keine Ahnung, was plötzlich passiert, aber sein Freund zieht mich in einen der Imbissläden, aus denen es so wunderbar duftet. Die beiden Männer rufen etwas in den Laden hinein, die Musik ist lebendig und fröhlich und erinnert mich an den Urlaub mit meinen Eltern in Bulgarien.
Ich werde auf einen Stuhl gedrückt, und plötzlich stehen viele kleine Teller vor mir mit Lebensmitteln, die ich nicht kenne. Südländische

Früchte und kleine grüne Dinger, die aussehen wie gefüllte Weintrauben. Ich tunke ein Stück Brot in einen braunen Brei, der wunderbar würzig schmeckt. Ich kann es nicht beschreiben, aber so stelle ich mir den Orient vor, eine ferne, geheimnisvolle Welt. Die beiden Männer sitzen neben mir, schlürfen Tee und schauen mir beim Essen zu.
Irgendwann verabschiede ich mich und bedanke mich umständlich.
Draußen auf der Straße frage ich einen Mann mit Nickelbrille nach dem Weg zur Wassertorstraße. Er isst eine Art Ketwurst und ignoriert mich, als wäre ich gar nicht da. Als ich ihn ein zweites Mal frage, bleibt er stehen.
„Entschuldige“, nuschelt er mit vollem Mund, „ich dachte, du würdest betteln.“
Ich bin verdattert und merke mir kaum, was er sagt, gehe aber in die Richtung, in die er gezeigt hat.

NINA

Zum Glück sieht mich meine Krankengymnastin gerade nicht. Katrin ist direkt vor mir. Mit einem steifen Bein eine Leiter hochzuklettern ist eigentlich unmöglich. Ich ziehe mich mit den Händen ein Stück in die Höhe, beuge ein wenig das linke Bein, setze es auf. Und beiße die Zähne zusammen, es tut verdammt weh.
Oben an der Luke reicht mir Katrin ihre Hand und hilft mir raus, und endlich stehe ich auf dem geteerten Dach, direkt neben einem qualmenden Schornstein. Ich steige über eine Pfütze und schaue wie früher runter auf den Helmholtzplatz. Scharfer Wind fährt mir ins Gesicht. Irgendwo in Berlin ertönt eine Sirene.
Viel Zeit haben wir nicht, ich muss weiter zu Lutz, aber es ist zu verlockend gewesen. In unserem Hochhaus in der Wassertorstraße können wir nicht raus aufs Dach, alles ist abgeschlossen und versperrt. Aus versicherungstechnischen Gründen, wie mir der Hausmeister neulich mal erklärt hat.

„Ich glaube ja, dass Vati ausrasten wird, wenn wir ihm das erzählen!"
Katrin kriegt sich gar nicht mehr ein vor Wut. Mich wundert es ehrlich gesagt nicht. Eben sind wir an unserer alten Wohnung vorbeigegangen und haben einen Blick auf das Klingelschild geworfen. Schnuckmann, unser früherer Nachbar. Hat der sich nach unserem Abgang auch noch unsere Wohnung gekrallt.
„Da hätte das Porzellan ja gleich in der Vitrine bleiben können", murmelt Katrin. „Dieses gierige Frettchen!"
Die Vitrine mussten wir damals in der Wohnung zurücklassen und konnten sie nicht nach Marienfelde mitnehmen.
Es ist so schön hier oben. Im Sommer erschien uns der Himmel immer endlos, mal hingen die Wolken tief, mal waren sie weit weg. Und all die Spatzen flogen einfach über uns hinweg, vom Prenzlauer Berg nach Mitte und weiter nach Kreuzberg, so wie es ihnen in den Sinn kam. Manchmal wollten wir sein wie die Spatzen, aber eigentlich reichte uns diese Welt hier oben auf dem Dach völlig aus, zumindest als wir noch kleiner waren. Wir konnten stundenlang umherlaufen und spielen, uns hinter Mauern,

Vorsprüngen und Schornsteinen verstecken, in die Hinterhöfe und die Fenster fremder Leute schauen und sie beim Kaffeekochen und Möhrenschnippeln beobachten.
„Das hat mir echt gefehlt, diese Freiheit hier oben", sagt Katrin neben mir.
„Stimmt." Ich weiß genau, was sie meint.
Plötzlich öffnet sich ein Fenster im Innenhof und es ertönt Musik.
When my love said to me. Meet me down by the gallow tree.
Katrin packt meine Hand. „Das kann doch nicht sein!"
Was für ein Zufall. Seit Monaten ist das ihr absoluter Lieblingssong. Ich spüre, wie Katrins Hand zittert.
One day we'll return here. When the belfast child sings again.
Andauern hört sie „Belfast Child" in unserem Zimmer, ich kenne jede Zeile auswendig, es ist ein trauriges Lied, handelt vom geteilten Belfast in Nordirland und passt deshalb auch so gut zu Berlin, zu unserer Situation. Ich blicke Katrin an, sie schluckt, ihre Augen sind voller Tränen. Auch ich muss heulen, lehne mich an den Schornstein und blicke rüber zum Fernsehturm,

der friedlich unter dem grauschwarzen Himmel funkelt. Dahinter sind all die Orte in Westberlin, die schon immer da waren, die wir aber so lange nicht von Nahem sehen konnten: der Zentralflughafen Tempelhof, der Viktoriapark in Kreuzberg, der Teufelsberg im Grunewald, das Olympiastadion, das Schloss Charlottenburg.
Katrin schüttelt sich. „Reicht jetzt mit der Heulerei", ruft sie laut.
Sie hat recht, schließlich haben wir heute noch etwas vor. Ich löse mich vom Schornstein, hüpfe zur Luke und setze mein gesundes Bein auf die erste Stufe der Leiter. Sofort ist Katrin neben mir und hält mich fest, während ich mich zurück in die Dunkelheit des Dachbodens taste. Als wir unten auf den Holzbalken stehen, bin ich erleichtert.
„Hier riecht es irgendwie komisch", flüstert Katrin.
Kein Wunder. In den Ecken stapelt sich der jahrzehntealte Plunder aller Leute aus dem Haus: Polstersessel, Matratzen, Schränke. Auch der kleine Holzhocker, der früher in unserem zugigen Bad stand, muss hier noch irgendwo sein. Und meine Schulbücher, die ich nicht mit

nach Marienfelde zu nehmen brauchte, logisch, der Lehrplan in Westberlin ist anders als hier. Ich öffne die Tür zum Treppenhaus, höre Stimmen. Leise gehen wir weiter, lauschen.
„Herr Schnuckmann", flüstert Katrin. Er steht weiter unten im Hausflur und spricht mit jemandem, vielleicht mit Frau Günter, mitten in der Nacht. Können alle nicht schlafen heute. Auf der dritten Etage bemerke ich, dass Herr Schnuckmann die Wohnungstür nur angelehnt hat. Ich denke nicht lange nach. Es ist keine gute Idee, ganz bestimmt nicht, aber es muss sein. Es ist schließlich unsere Wohnung!
„Warte kurz!" Ich schiebe die Tür auf und humple in den Flur.
„Sag mal, spinnst du? Komm zurück!", flüstert Katrin hinter mir her, doch ich höre nicht auf sie.
Stattdessen knalle ich gegen einen Garderobenständer, den es früher hier nicht gab, ein Mantel streift mein Gesicht, er stinkt nach altem Rauch. Ich gehe den Flur hinunter. Wie erwartet knarrt eine der Dielen unter meinem Fuß, das war schon immer so. Im Wohnzimmer steuere ich sofort auf die Vitrine zu. Tatsächlich. Dort drinnen steht unser Porzellan. Ich lehne die

Krücke an den klobigen Holztisch und öffne vorsichtig die Vitrinentür.
Da ist es, Muttis Sahnekännchen. Weiß, mit einer schönen blauen Blume darauf, die sich bis auf den Griff fortsetzt. Damals, als Herr Schnuckmann uns das Geschirr abgekauft hat, wollte Mutti das Kännchen schnell noch verstecken. Es hat einmal ihrer Oma gehört, die es durch zwei Weltkriege gerettet und auch später immer auf das Kännchen aufgepasst hat. Leider hat Herr Schnuckmann gesehen, wie Mutti das Geschirrhandtuch darübergeworfen hat, und hat es während des Gesprächs über den Kaufpreis langsam weggezogen. Mutti kamen die Tränen, Vati ballte die Fäuste unter dem Tisch. Ohne das Kännchen gibt es gar nichts, hatte Herr Schnuckmann gesagt. Jetzt zahle ich es ihm heim.
Ich hangle mit der Hand an Tellern und Tassen vorbei und fische das Kännchen heraus. Plötzlich rutscht es mir aus der Hand, ich greife danach und fange es gerade noch rechtzeitig auf, bevor es auf die Dielen fallen kann. Das war knapp. Mein Herz schlägt wie verrückt, als ich das Kännchen in meine Jackentasche stecke, nach der Krücke greife und zurück in den Flur humple.

Mist! Stimmen, direkt vor der Wohnungstür! Ich bekomme weiche Knie. Herr Schnuckmann ist bereits wieder oben, viel schneller als gedacht.
„Ja, es geht uns ganz gut, vielen Dank", säuselt Katrin gerade.
Was mache ich jetzt? Er wird mich auf jeden Fall erwischen, aber das sollte besser im Treppenhaus geschehen und nicht, wenn ich hier drinnen mit ihm alleine bin. Also atme ich tief durch und trete so selbstbewusst, wie ich kann, in den Hausflur.
Herr Schnuckmann schaut mich erstaunt an. Seine Haut ist grau, er hat eine Glatze. In der Hand hält er eine brennende Zigarette.
„Guten Abend", sage ich freundlich. „Ich wollte nur mal kurz in mein altes Zimmer schauen."
Ich schiebe mich an Herrn Schnuckmann vorbei und humple die Treppe hinunter.
„Frolleinchen!", ruft der verdutzt. „Was soll das?"
„Sind schon wieder weg", ruft Katrin und kommt mir hinterher.
„Das geht nicht! Kommt gefälligst zurück!"
Als wir in der ersten Etage sind, höre ich, wie Herr Schnuckmann die Wohnungstür zuknallt.
Habe ich eigentlich die Vitrine wieder

geschlossen? Ich humple noch schneller, raus aus dem Haus, haste über den Bürgersteig und biege in die Lettestraße ein.

Dort packt mich Katrin am Arm. „Was sollte das eben?"

„Später! Wir müssen weiter."

Ich bin mir ziemlich sicher, dass ich die Vitrine offen gelassen habe.

Als wir schon fast in der Dunckerstraße sind, schallt es plötzlich hinter uns. „Stehen geblieben!"

Ich drehe mich um. Herr Schnuckmann kommt auf uns zugelaufen.

„Was hast du gemacht?", fragt Katrin erschrocken.

Plötzlich spüre ich Wut. Der kann mich mal! Ich bin schließlich kein kleines Kind mehr. Als Herr Schnuckmann nur noch wenige Meter von uns entfernt ist, hebe ich drohend meine Krücke. Er stoppt, schaut mich fassungslos an und zeigt mit dem Finger auf mich.

„Du hast mich bestohlen!"

Er wollte Mutti damals demütigen. Er war nicht einfach nur gierig, sondern wollte ihr etwas wegnehmen, das für sie viel wertvoller war als Geld. Und jetzt wohnt er sogar in unserer

Wohnung, läuft über unsere knarrenden Dielen, dreht unsere Wasserhähne auf, knipst unsere Lichtschalter an.
Ich halte die Krücke wie ein Schwert, trete vor und schaue in sein graues Gesicht. „Sie sind ein gemeiner Mensch."
Herr Schnuckmann schnaubt. „Unverschämtheit. Ich habe dafür bezahlt! Es gehört mir!"
Katrin umfasst meine Schulter, flüstert mir ins Ohr. „Was ist hier los? Was meint er?"
„Beschweren Sie sich doch einfach bei meinen Eltern", rufe ich ihm zu.
Erschrocken schaut er mich an. Damit hat er nicht gerechnet.
„Ich glaube, mein Vater würde sich gern mal in Ruhe mit Ihnen über alles unterhalten. Vielleicht kommt er demnächst persönlich vorbei. Geht jetzt ja, so wie es aussieht."
Die Augenlider von Herrn Schnuckmann flattern. Schließlich dreht er sich um und läuft davon.
„Kannst du mir bitte endlich mal sagen, was das alles soll?", ruft Katrin.
Ich öffne meine Jackentasche und hole Muttis Kännchen heraus.
„Nein! Das ist ja klasse! Da wird sie sich aber

freuen!“ Katrin hüpft begeistert hoch, streift dabei das Kännchen, fast fällt es mir erneut aus der Hand.
„Pass doch auf“, rufe ich aus.
Katrin drückt mich fest an sich. „Das hast du sehr gut gemacht!“

LUTZ

Es ist zwei Uhr morgens. Ich will gerade auf dem Klingelschild den Namen Gabert suchen, da sehe ich, dass die Haustür nicht richtig verschlossen ist. Ich schiebe sie auf und gehe zum Fahrstuhl. Er ist bereits im Erdgeschoss, ich steige ein und drücke den Knopf für die siebte Etage. Nina hat mir geschrieben, dass sie dort wohnt und einen super Ausblick auf Berlin hat. Genau wie ich. Das erste Mal in meinem Leben fahre ich mit einem Westfahrstuhl. Eine Wand ist verspiegelt. Ich bekomme einen Schreck, als ich hineinschaue. Wird Nina mich überhaupt erkennen? Ich habe mich schon etwas verändert: Lederjacke, Rasierklingen am Kragen. Und meine Haare sind lila und nicht mehr braun. Die Tür des Fahrstuhls öffnet sich. Ich gehe den Gang hinunter und versuche im flackernden Licht die Schilder an den Türen zu lesen. Schneidereit. Durmaz. Bollensdorf. Leise Musik hinter der Tür. Vor der nächsten Wohnung stehen Schuhe, ordentlich auf einer Matte, so wie

bei uns im Hochhaus. Hier ist es! Allerdings sind da nur zwei Paar, es müssten eigentlich vier sein.
Ich starre auf das Klingelschild und zögere. Ninas Eltern reißen mir bestimmt den Kopf ab, wenn ich sie mitten in der Nacht wecke. Trotzdem. Ich nehme meinen Mut zusammen und drücke auf die Klingel. Ding dong.
Eine Sekunde, zwei Sekunden, fünf Sekunden. Ich freue mich so darauf, Nina zu sehen! Gleich ist es so weit! Mein Herz klopft wie verrückt. Ich drücke erneut. Ding dong. Ein Schlurfen, das hinter der Tür aufhört, vermutlich schaut jemand durch den Spion. Ob es Nina ist? Oder ihre Mutter? Die lässt mich nie im Leben rein, wenn sie mich so sieht, mit meinem Iro im flackernden Licht des Hausflurs, mitten in der Nacht.
„Ich bin's, Lutz!“, rufe ich schnell.
Unverständliches Nuscheln hinter der Tür.
„Darf ich reinkommen?“
Langsam öffnet sich die Tür, aber nur ein paar Zentimeter. „Wer ist da?“, fragt eine männliche Stimme. Ninas Vater.
„Lutz. Der Freund von Nina.“
„Unmöglich!“

Ich drehe meinen Kopf und schaue durch den Spalt in die dunkle Wohnung. Im Licht vom Hausflur sehe ich zwei Gestalten in Nachthemd und Schlafanzug, mit Puschen an den Füßen.
„Wie siehst du denn aus?", flüstert Ninas Mutter erschrocken, und ihr Vater steckt seinen Kopf aus der Tür, blinzelt. „Tatsächlich. Du bist es."
Wieder vergehen ein paar Sekunden. Er rührt sich nicht, vermutlich pennt er noch halb.
„Ich muss zu Nina", rufe ich in den Spalt.
Die Tür geht etwas weiter auf. „Dann komm mal rein. Muss ja nicht gleich das ganze Haus mitbekommen, was wir hier bereden."
Ich trete in die Wohnung und Ninas Vater knipst das Licht an. Es blendet mich, ich kneife die Augen zusammen. Es riecht gut hier, nach frisch gewaschener Wäsche und Parfum.
„Du hattest mal so schöne Locken", murmelt Ninas Mutter.
Abwesend nicke ich. Vom Flur gehen einige Türen ab, hinter welcher mag wohl Nina sein?
„Und jetzt siehst du aus wie ein richtiger Punk", sagt Ninas Vater. Ich habe keinen Bock auf dieses Gespräch, aber ich sollte freundlich bleiben, schließlich will ich zu Nina. „Bitte. Ich muss Nina sprechen."

Ninas Mutter schaut mich nachdenklich an. „Es stimmt also, dass die Leute einfach rüberkönnen. Wir haben es vorhin nicht so richtig geglaubt."
Langsam schüttelt Ninas Vater den Kopf. „Das kann doch gar nicht wahr sein."
„Ist es aber", entgegne ich.
Er atmet schwer aus. „Na gut. Ich hol Nina mal." Dann schlurft er in seinen Puschen langsam den Flur hinunter. Vor der letzten Tür hebt er langsam die Hand und klopft. „Nina?"
Ihre Mutter berührt mich an der Schulter. „Nina hat dich sehr vermisst."
„Nina? Aufwachen! Besuch für dich!" Ihr Vater zwinkert mir zu, während sein Klopfen energischer wird. Im Zimmer bleibt es still.
„Sie hat viel geweint und war gar nicht aufzumuntern."
Mir fallen die fehlenden Schuhe auf der Matte wieder ein, und ich ahne bereits, was los ist.
Ninas Vater öffnet die Zimmertür, schaltet das Licht an und erstarrt.
„Katrin? Nina?", poltert er los. „Das kann doch wohl nicht wahr sein!"
Ihre Mutter eilt zu ihm, schaut ins Zimmer und dreht sich dann zu mir um. „Wo sind sie?"
Ihr Vater verschwindet im Zimmer und kommt

zurück in den Flur. Er hat etwas in der Hand, das er Ninas Mutter unter die Nase hält. „Was bitte ist das? Das lag auf Ninas Bettdecke."
Ich erkenne es sofort. Es ist mein Ledertäschchen, allerdings leer. Der Bernstein ist bei Nina, jede Wette. Sie ist heute Nacht los, so wie ich, und hat meinen Talisman mitgenommen. Sie sucht mich!
Mein Herz macht vor Freude einen Sprung.
„Vielen Dank und eine schöne Nacht noch!" Ich laufe aus der Wohnung.
„Lutz, warte doch mal! Weißt du, wo sie sind?"
Aber ich habe keine Zeit für Erklärungen. Den Fahrstuhl nehme ich nicht, der ist mir zu langsam. Ich springe die Treppe hinunter. Völlig verkehrte Welt. Ich bin in Westberlin, Nina in Ostberlin. Wenn sie jetzt bei meinen Eltern ist und mich da nicht antrifft, was wird sie dann machen? Ich werde langsamer, nehme nicht mehr zwei Stufen auf einmal. Wartet Nina dann bei meinen Eltern oder geht sie zurück nach Hause? Sollte ich dann besser hier auf sie warten?
Ich bleibe stehen, spüre das Kribbeln in meinen Beinen. Sie wollen weiter, unbedingt. Ich kann mich jetzt auf gar keinen Fall ruhig in eine Ecke setzen und nichts tun. Also laufen, aber wohin?

Es müsste einen Ort geben, den wir beide kennen, der uns verbindet, der uns wichtig ist, und in dem Moment, als ich das denke, fällt er mir ein.
Na klar! Manchmal habe ich echt eine lange Leitung!
Während ich renne, denke ich an den Nachmittag, als ich so unendlich traurig war und meinen Kopf auf Ninas Schulter gelegt hatte. Ich fand es so schrecklich, dass sie bald ausreisen würde. Ich hatte einen fetten Kloß im Hals und sie nahm einfach meine Hand und flüsterte: He Lutz, irgendwann sehen wir uns im Westen, versprochen! Ich fand das doof und konnte damit nichts anfangen. Im Westen. Was sollte das heißen? Ich sah in ihre blauen Augen. Am Neptunbrunnen, hatte ich geantwortet. Wir treffen uns am Neptunbrunnen, wo wir uns kennengelernt haben, und dann überlegen wir, wohin wir gehen, zusammen. Also nichts wie hin! Ich reiße die Haustür auf und renne auf die Straße. Jetzt wird mich nichts mehr aufhalten!

NINA

Am Alexanderplatz steigen wir aus dem Bus. Ich bin total aufgeregt. Gleich ist es so weit, gleich bin ich bei Lutz.
Ich kann das Hochhaus schon sehen, da fährt plötzlich ein Polizeiwagen an uns vorbei. Instinktiv taste ich über meine Tasche und bekomme ganz feuchte Hände, dabei ist es völliger Blödsinn, dass die Polizei mich wegen eines Sahnekännchens verfolgt. Ein paar Meter von uns entfernt hält der Wagen am Straßenrand, doch niemand steigt aus. Ich laufe so unauffällig wie möglich daran vorbei.
Nach ein paar Metern suche ich Katrins Blick. Auch sie hat Schiss gehabt, das sehe ich ihr an. Zu oft haben wir Angst gehabt, kontrolliert zu werden. Zu oft hat uns niemand geholfen. Stattdessen gab es schlechtere Noten in der Schule und in der Kaufhalle ernteten wir abfällige Blicke. Ich wurde einfach so aus der Handballgruppe ausgeschlossen. Und Birgit wollte plötzlich nicht mehr mit mir befreundet

sein, obwohl wir uns schon seit dem Kindergarten kannten.
Zum Glück hatte ich Katrin, ohne sie wäre ich ziemlich aufgeschmissen gewesen. Katrin wusste immer, was mit mir los war. Wenn ich heulen musste, setzte sie sich zu mir aufs Bett, und zusammen schwiegen wir. Ich dachte dann meist an Lutz und daran, dass ich mich von ihm trennen musste, und sie vielleicht an Thomas, obwohl sie von ihm gar nichts mehr wissen wollte. Seine Eltern hatten ihm den Umgang mit ihr verboten, als sie erfahren haben, dass wir ausreisen würden. Er fügte sich und traf sich nicht mehr mit Katrin. Sie war stinksauer deswegen und traurig. Viele Nächte lang heulte sie. Man lernt Menschen erst richtig kennen, wenn es hart wird, sagte sie eines Morgens in unserer Küche in der Schliemannstraße, als wir warme Milch aus unseren gepunkteten Zahnputzbechern tranken. Ich hatte Angst davor, was Lutz machen würde. Aber er hat immer zu mir gehalten, bis zur Ausreise und sogar danach. Er schreibt mir Briefe in den Westen, das macht nicht jeder.
Und jetzt stehe ich vor seiner Haustür in der Alexanderstraße, so wie früher, als hätte sich

nichts geändert. Ich lege meinen Kopf in den Nacken und schaue die Fassade hoch. In einigen Fenstern brennt noch Licht, doch die meisten sind dunkel.

„Ich warte hier auf dich“, höre ich Katrin hinter mir sagen. „Bei eurem Wiedersehen muss ich ja nicht unbedingt dabei sein.“

Ich werfe ihr einen Blick zu. Sie sieht traurig aus, vermutlich ist sie mit ihren Gedanken wieder bei Thomas. Ich kann verstehen, dass sie nicht sehen will, wie Lutz und ich uns um den Hals fallen.

Ich finde sein Namensschild sofort. Neubauer. Und auch das von Herrn Sander. Meine Briefe schicke ich immer an ihn, und er gibt sie Lutz. Es dauert Wochen, bis von Lutz eine Antwort kommt, die Briefe sind ewig unterwegs, trotz der geringen Entfernung. Aber immerhin bekomme ich Post, anders als Katrin. Ihr schreibt niemand.

Ich klingle bei Neubauer. Warte. Klingle noch einmal.

„Die pennen bestimmt tief und fest“, sagt Katrin.

Dann knattert die Gegensprechanlage. „Dass du dich noch mal zurücktraust, hätte ich nie gedacht!“

Katrin verzieht den Mund. „Ist das sein Vater?“

Ich nicke.
„Wie nett. Weiß der, dass du kommst?"
„Woher denn?" Die Gegensprechanlage hat doch keine Augen.
Der Summer geht, ich drücke die Tür auf. Das Licht beleuchtet nur spärlich den Eingangsbereich. Ich humple zum Fahrstuhl, betätige die Taste. Es tut sich nichts. Das Ding ist mal wieder kaputt, so wie früher. Ich fluche leise. Das gibt es doch nicht. Jetzt muss ich mit diesem blöden Bein in den fünfzehnten Stock laufen. Nicht zu fassen!
Ich versuche die Schmerzen zu ignorieren. Gleich bist du bei Lutz!, feuere ich mich an. Das ist Antrieb genug. Während ich mich die Treppen hochschleppe, denke ich an den Moment, als ich ihn das erste Mal getroffen habe. Damals am Neptunbrunnen. Er hockte auf den Stufen und aß ein Softeis, obwohl es ein kühler Tag war, doch das schien ihm nichts auszumachen. Ich lief an ihm vorbei und hörte gerade *Wonderful Life* von Black. In der Hand hatte ich Blumen für Mutti, es war der 8. März, Frauentag. Ich schaute Lutz wohl etwas zu neugierig an, denn plötzlich lächelte er, so offen und freundlich, dass ich stehen blieb und meinen Walkman abnahm.

Er hielt mir sein Eis hin und fragte, ob ich mal kosten wolle. Erdbeere. Ich schüttelte den Kopf, setzte mich aber zu ihm auf den kalten Stein. Keine Ahnung, woher ich den Mut dafür nahm. Heimlich betrachtete ich ihn von der Seite. Er lachte, als er es merkte, zeigte auf die Tulpen und sagte, wie schön sie wären. Das Geld dafür hatte ich mühsam zusammengespart. Wir hatten damals bereits den Ausreiseantrag gestellt und Taschengeld gab es längst nicht mehr, nur noch etwas Geld fürs Schulessen, fünfundfünfzig Pfennig pro Tag. Das sparte ich, statt mir Essensmarken zu kaufen.
New York, sagte Lutz unvermittelt, und ich verstand nicht, was er meinte. Da möchte ich so gern mal hin. Er biss in seine Waffel. Und du? Eis lief über sein Kinn, er holte ein Stofftaschentuch raus und wischte es sorgfältig ab.
Rom, antwortete ich. Er nickte zustimmend. Eine Weile schwiegen wir. Ich war in Gedanken am Kolosseum und auf der Spanischen Treppe und er dachte vermutlich an die Freiheitsstatue und das World Trade Center. Dieses Spiel spielten wir später noch oft, entführten uns gegenseitig an Orte, die uns gefielen, träumten

uns nach Australien oder Feuerland, nach Island oder in die Karibik.

An unserem ersten Tag erzählte er mir, dass die vier Frauenfiguren des Neptunbrunnens große Flüsse symbolisierten: den Rhein, die Elbe, die Weichsel und die Oder. Wir liefen um den Brunnen herum und schauten sie uns alle an, zusammen mit ein paar Urlaubern aus der Sowjetunion, die laut auf Russisch schnatterten. Zu Füßen der einen Figur lag eine Ziege, eine andere Figur hielt Obst in der Hand.

Plötzlich fragte mich Lutz, ob ich öfter am Neptunbrunnen vorbeikäme. Eigentlich nicht, wollte ich sagen. Das wäre die Wahrheit gewesen. Doch ich fand ihn nett, außerdem hatte er so süße Grübchen. Klar, sagte ich. Das ist toll, rief er, also bis morgen! Er lief ein paar Schritte, drehte sich um und winkte.

Auf dem Nachhauseweg war ich ziemlich durcheinander. Obwohl ich ihn überhaupt nicht kannte, wollte ich ihn unbedingt wiedersehen. Er war überhaupt nicht so doof wie die Jungen aus meiner Klasse, mit denen man nie vernünftig reden konnte.

Katrin schimpfte mich natürlich aus. Neue Freundschaften in unserer Situation sind keine gute Idee, meinte sie und verbot mir, am nächsten Tag zum Neptunbrunnen zu gehen, das würde nie im Leben glücklich enden. Ich lasse mir aber nichts verbieten, schon gar nicht von meiner großen Schwester.

Siebte Etage. Ich lehne mich an die Wand, entlaste mein krankes Bein und hole Luft, schaue auf den nackten Putz. Plötzlich geht das Licht aus und ich stehe im Dunkeln. Wie unwirklich das alles ist. Ich bin bei Lutz, in seinem Treppenhaus! Wenn mir heute Morgen jemand gesagt hätte, was alles noch passieren würde, hätte ich denjenigen für bekloppt erklärt.

Von unten dringen Stimmen zu mir hoch, das Licht im Treppenhaus geht wieder an. Offenbar bin ich nicht die Einzige, die hier so spät noch herumläuft. Ich schleppe mich weiter die Treppe hinauf. Es dauert ewig, aber irgendwann bin ich tatsächlich im fünfzehnten Stock und öffne die Tür zur Etage. Sie knarrt laut.

Ich gehe den Gang hinunter. Krasnitz, Müller, Gohlke, Mankowski. Die Namen kenne ich alle auswendig. Es riecht nach Zigarettenrauch.

Wie seltsam! Die Tür von Lutz' Wohnung ist nur angelehnt. Ein heller Lichtschein fällt auf den dämmrigen Gang.

Ich zittere vor Aufregung. Gleich wird er vor mir stehen! Mir fällt meine blöde Krücke ein. Die muss ich vor ihm verstecken. Irgendwann werde ich es ihm natürlich sagen müssen, vermutlich sogar noch heute, aber das olle lila Ding soll nicht das Erste sein, das er von mir sieht. Ich lehne die Krücke an die Wand und hüpfe die letzten Meter auf einem Bein.

Vorsichtig schiebe ich die Wohnungstür auf und schaue quer durch den Flur auf Lutz' Zimmertür. Sie hängt nicht in der Verankerung, sondern lehnt schief am Rahmen. Das Holz ist gesplittert. Was ist denn hier los?

„Na, wie war die Luft auf der goldenen Seite?"

Ich zucke zusammen. Die scharfe Stimme seines Vaters. Sehen kann ich ihn nicht. Ich verharre an der Wohnungstür, habe auf einmal Schiss. Herr Neubauer ist kein netter Mensch.

„Ist dir das Geld ausgegangen?"

Plötzlich kommt er aus der Wohnung geschossen, greift nach mir und fährt abrupt zurück. „Was willst du denn hier?"

Ich räuspere mich, aber kriege keinen Ton heraus.

Sein Blick ist verächtlich. „Lass mich raten. Du hast an der heutigen Völkerwanderung

teilgenommen, richtig? Frechheit von dir, hier einfach so aufzukreuzen!"
Ich will nichts mit ihm zu tun haben, auch wenn er gerade ziemlich harmlos aussieht in seinem blauen Schlafanzug und den braunen Pantoffeln.
„Ist Lutz da?", frage ich.
„Hast du mal auf die Uhr geschaut?" Seine Ohren werden rot.
„Ich muss zu Lutz, bitte."
„Der kommt so schnell nicht wieder."
Ein Stich in meinem Magen. „Was soll das heißen?"
„Dass der Herr sich heute aus dem Staub gemacht hat."
Ich fahre zusammen. „Und wohin?", presse ich heraus und versuche weniger ängstlich zu klingen, als ich es bin. Mir wird schwindelig.
„Tja, das hat er uns nicht verraten."
Vielleicht ist Lutz gleich richtig abgehauen, nach New York oder Feuerland?
Aber das würde er ohne mich nicht tun. Oder vielleicht doch?
Plötzlich steht Lutz' Mutter neben ihrem Mann.
„Warum schreist du so rum?"
Als sie mich erkennt, schaut sie mich böse an.
„Was hast du denn hier verloren?"

Sie trägt ein weißes Nachthemd mit roten Stickereien. Es ist das gleiche, das auch Mutti hat.
„Ich möchte zu Lutz."
Sie schüttelt aufgebracht den Kopf. „Geh einfach. Du hast schon genug angerichtet! Deinetwegen haben wir nur Ärger mit ihm." Sie verschwindet wieder in der Wohnung.
Ihre Worte treffen mich, ich könnte heulen.
„Du hast doch gehört, was meine Frau gesagt hat." Herr Neubauer schiebt die Tür schon wieder zu.
„Eine Frage noch, bitte", sage ich schnell. „Danach bin ich auch weg."
„Was denn?"
„Hat Lutz eine Tasche gepackt?"
Er schaut mich irritiert an. „Tasche? Nein. Aber er hat uns die Wohnung demoliert." Er knallt mir die Tür vor der Nase zu.
Wo könnte Lutz jetzt sein? Er ist ohne Klamotten los, also ist er bestimmt nicht auf dem Weg nach Feuerland. Vielleicht ist er bei einem Kumpel. Oder bei einer neuen Freundin? Obwohl er mir in seinen Briefen geschworen hat, dass er auf mich wartet. Vielleicht hatten wir beide die gleiche Idee, und er ist in diesem

Augenblick bei meinen Eltern? In dem Fall werden sie genau jetzt durchdrehen, weil sie merken, dass Katrin und ich nicht da sind. Und leider können sie Lutz nicht sagen, wo ich gerade bin.

Oh Mann. Ich hüpfe zurück zu meiner Krücke und humple all die Stockwerke wieder hinunter. Als ich auf der Straße ankomme, ist mir schlecht vor Schmerzen. Mittlerweile habe ich eine Blase an der rechten Hand, vom permanenten Abstützen auf der Krücke.

Unter einer Laterne wartet Katrin auf mich.

„Wo ist Lutz?“, ruft sie.

Ich antworte nicht, sondern laufe einfach weiter. Nach wenigen Schritten ist Katrin an meiner Seite. „Wo willst du denn hin?“

„Wieder nach drüben. Wahrscheinlich ist Lutz gerade bei uns zu Hause.“

„Oh nein, wie blöd.“ Sie hält mich am Arm fest. „Du solltest langsamer laufen, dein Gehumpel sieht echt verboten aus.“

„Kann man nichts machen“, entgegne ich.

Das hatte Lutz zu mir gesagt, als wir uns das letzte Mal gesehen haben. Kann man nichts machen. Er hat es nur so dahingesagt, aber ich fand es blöd. Es klang so, als wollte er sich

einfach fügen, als hätte er akzeptiert, dass uns die Mauer bald für immer trennen würde. Er hatte mit seiner Hand im Wasser des Brunnens geplanscht, hoch über ihm thronte Neptun und er wirkte irgendwie abwesend. War vermutlich seine Art, mit der drohenden Ausreise umzugehen. Ich stellte mich neben ihn, tauchte meine Hände ebenfalls ins Wasser und berührte dabei seine. Ein Weile schwiegen wir, dann rief er: Amerika und Feuerland interessieren mich überhaupt nicht! Ich möchte mit dir immer nur hier sein, am Neptunbrunnen! Ja, genau, rief ich laut, das will ich auch!
Aber er glaubte mir anscheinend nicht, sondern löste sich von mir und rannte weg, ohne jede Vorwarnung. Ließ mich einfach stehen.
Hinterher tat es ihm leid, er hat sich sogar in einem Brief dafür entschuldigt.
Ich umklammere meine Krücke, laufe langsamer. Was, wenn Lutz jetzt dort ist? Am Brunnen, in diesem Moment? Und auf mich wartet? Es ist schließlich unser Ort, unser Treffpunkt. Ich bleibe stehen und denke nach. Das wäre doch immerhin möglich.
Mit meiner freien Hand taste ich über den Bernstein, als wüsste er Rat, als könnte er

sprechen und mir sagen, was ich jetzt tun soll. Ich blicke in die Richtung, wo der Neptunbrunnen ist. Katrin schaut mich aufmerksam an. Auf einmal bin ich mir sicher. „Wir müssen zum Alex!“

LUTZ

Nachdem ich einige Minuten wie besinnungslos gerannt bin, kommt mir ein Gedanke. Ich höre auf zu laufen und hole tief Luft. Ein Krankenwagen rast mit lautem Tatütata an mir vorbei. Möglicherweise muss ich gar nicht über Bahnhof Zoo zurück zur Bornholmer Straße fahren. Wenn man dort oben im Norden rüberkann, geht das vielleicht auch anderswo in der Stadt? Vielleicht sogar an dem Grenzübergang, den ich von meinem Zimmer aus sehen kann? Das wäre doch echt eine Abkürzung und ich wäre im Nullkommanichts am Neptunbrunnen.

Ich wende mich nach links, durchquere einen kleinen Park, laufe über Kopfsteinpflaster. Ich bleibe stehen, unsicher, wo ich überhaupt bin. Viele Läden, viele Kneipen, laute Musik. Oranienstraße, lese ich auf einem Straßenschild. Es riecht nach gebratenem Fleisch.

Plötzlich reißt mich jemand nach hinten. „He, treibste dir hier imma noch rum?“

Es ist der Punk aus der U-Bahn, hinter ihm stehen seine beiden Freunde. Und Bulle, dem Sabber aus der Schnauze läuft.
„Komma mit, ick jeb dir eenen aus!“ Bevor ich überhaupt begreife, was passiert, zerrt mich der Punk von der Straße in eine dunkle Bar. Unter der Decke hängt meterdicker blauer Zigarettendunst, es stinkt schrecklich nach Rauch.
Auf der Bühne spielt eine Heavy-Metal-Band. Über dem Schlagzeuger baumelt eine glitzernde Kugel, die aussieht, als wäre sie angeschossen worden, der linke Rand ist ausgefranst, ein Kabel hängt raus. Ein paar Leute an der Theke diskutieren lebhaft miteinander, ein Mann mit Schiebermütze und zerrissener Jeansjacke haut eine Flasche um. Ich kann gerade noch beiseitetreten, sonst wäre mir der Kram über die Hose gelaufen.
Bulle verkriecht sich unter einem der Tische. Die Musik ist irre laut, bestimmt ist sie ihm viel zu laut. Mir wird ein Bier in die Hand gedrückt.
„Ick heiße übrigens Basti“, schreit mir der Punk aus der U-Bahn ins Ohr und zündet sich eine Zigarette an.
„Und ich Lutz“, brülle ich zurück. „Aber ich

kann hier nicht bleiben, ich muss zum Neptunbrunnen."
„Wat willste denn da, baden? Komm, sauf!"
Basti lacht und knallt seine Flasche gegen meine. Ich nippe am Bier, will nicht unhöflich sein. Ich mag keinen Alkohol.
Mir tränen die Augen, fast jeder in der Bar raucht. Eine Frau in einem gelben Hosenanzug stellt sich neben mich an die Theke, wippt zur Musik und trinkt aus einem Glas, an dessen Boden mehrere bunte Steine liegen. Offenbar bemerkt sie meinen Blick. „Durch die Heilsteine wird das Wasser sauber!" Sie hält mir das Glas hin. „Willste mal kosten?"
Ich schüttle den Kopf. „Nein, danke."
Schräg. Man kann hier fast nicht atmen und sie reinigt ihr Wasser.
„Jroßer Tag heute, wa?", brüllt Basti. „Hätte an deiner Stelle auch Pippi inne Oogen!"
Der Schlagzeuger trommelt wie gestört, während sein Kumpel auf dem Boden liegt und mit seiner Gitarre quietschende Töne produziert. Mir tun die Ohren weh. Ich muss hier weg, schaue mich nach einem Fluchtweg um. Dabei fällt mein Blick erneut auf den Mann mit Schiebermütze. Der schreit gerade eine Frau an, die er eben noch

eng umarmt hat. Ich verstehe nur Fetzen. „… kannst nur … von … bis Mittag denken!“
Sie zieht aufgebracht an ihrer Zigarette, bläst Rauch aus. „… gut … passiert!“
Der Schlagzeuger schleudert seine langen schwarzen Haare umher, als wollte er Fliegen damit töten. Immer schneller haut er auf seine Trommel ein, während der Schiebermützenmann die Frau an der Schulter packt. „Kapierst … nicht? Das … Todesstoß … Westberlin … kommen … uns!“
Sie zeigt ihm einen Vogel.„… Quatsch!“
„Jochen hat recht“, schreit ein alter Mann mit weißen Haaren und Vollbart. Er greift nach seiner Bierflasche und trinkt sie in einem Zug aus. Er sieht aus wie Karl Marx. Grinsend knallt er die Flasche zurück auf die Theke und rülpst. Der Barmann schiebt ihm ein neues Bier rüber. „Vergiss … zu bezahlen“, schreit er durch das Quietschen der Gitarre. „Nüscht … Deckel … Erfahrung!“
Karl Marx kichert und nickt mehrmals. Der Mann mit Schiebermütze, Jochen, steht plötzlich hinter uns. Kurz streift mich sein Blick. „Dialektisch gesehen ist das alles großer Mist“, ruft er Basti zu.

„Du und deine blöde Dialektik!“ Basti schaut mich fragend an. „Oder wie siehst du das?“
Ich habe echt keine Zeit für solche Diskussionen, die mir im Staatsbürgerkundeunterricht schon genug auf den Wecker gehen. Ich beuge mich vor. „’tschuldigung, aber ich muss weiter. Wie komme ich am schnellsten zur Heinrich-Heine-Straße?“
Basti sieht mich irritiert an, kratzt sich am Hals. „Wosn ditte?“
Jochen schaltet sich ein. „Er meint vermutlich die Prinzenstraße, den Grenzübergang.“
„Ach so!“ Basti wedelt mit dem Arm. „Rechts, wennde hier rauskommst, dann immer gerade aus bis zum Kreisverkehr und dann wieder rechts.“
Ich halte ihm zum Abschied die Hand hin, doch er schlägt sie weg und lacht. „Wir sehen uns, Kumpel.“
Wieder auf der Straße, höre ich alles gedämpft, meine Ohren müssen sich erst daran gewöhnen, dass es hier draußen ruhiger ist. Der Bürgersteig ist voller Menschen, Autos hupen. Ich laufe los. Die Straße wird allmählich dunkler. Weiter hinten erkenne ich einen Kreisverkehr, da muss ich hin, ich renne weiter. Und dann stehe ich

plötzlich vor dem Grenzübergang. Aus einem Wohnhaus direkt daneben dröhnt Musik. *The final countdown* von Europe.
Ein Volkspolizist zeigt mir den Weg. Ob die hier im Westen überhaupt Volkspolizisten heißen?
Ich gehe durch eine offene Überbauung, durch die auch Autos fahren. Es stinkt nach Benzin.
Plötzlich bleibe ich abrupt stehen. Das gibt es doch nicht! Dahinten sind die Hochhäuser an der Jannowitzbrücke. Da wohne ich! Jeden Tag schaue ich von meinem Zimmer aus runter auf diese Gegend. Und jetzt laufe ich hier rum, einfach so, und niemand knallt mich ab, so wie es eigentlich normal wäre.
Ich kneife mir in den Oberschenkel. Es tut weh. Also träume ich nicht. Nie hätte ich gedacht, dass ich mal auf der anderen Seite stehen würde. Und weil ich mir das alles nicht vorstellen konnte, haben Nina und ich uns gestritten, an unserem letzten gemeinsamen Tag am Neptunbrunnen. Ich war absolut pessimistisch. Klar, wir hatten uns versprochen, dass wir uns wiedersehen würden, aber ich habe einfach nicht daran geglaubt. Und Nina hat das natürlich gemerkt, wurde traurig und fing an zu weinen. Und anstatt sie zu trösten, bin ich weggelaufen,

habe sie einfach am Brunnen stehen lassen, was echt nicht besonders toll war. Aber jetzt werden wir uns wiedersehen. Zum Glück habe ich mich damals geirrt.
An diesem Grenzübergang ist es nicht so chaotisch wie vorhin an der Bornholmer. Er sind weniger Leute hier, sie rennen nicht wild umher und kreischen auch nicht so rum. Vor mir geht ein Mann in einem schweren Wintermantel. Er hat seinen Arm um eine Frau gelegt, die sich eng an ihn drückt.
Ich laufe an einem Schild vorbei. *You are leaving the American Sector. Sie verlassen den Amerikanischen Sektor.*
Vorsichtig schaue ich mich um. Über mir sind Laternen und Kameras. Früher war hier mal eine Kreuzung, das erkennt man am Verlauf der Bordsteinkanten und an den Schildern mit Straßennamen. Prinzenstraße Ecke Sebastianstraße.
Jetzt endet die Prinzenstraße direkt an der Mauer, an dieser grauen Wand, die keine Möglichkeit bietet, rüberzuklettern, die oben einen runden, glatten Vorsprung hat, weshalb kein Mensch einfach hochklettern und sich am Rand festhalten kann.

Vor mir sind Schilder mit Richtungspfeilen: Für Pkw und Lkw. Und für Fußgänger.
Ich folge dem Pärchen, das zwischen zwei Baracken verschwindet.
Plötzlich zögere ich, laufe langsamer. Kann mir wirklich nichts passieren? Woher will ich wissen, dass Leute, die zurück in die DDR kommen, dort nicht direkt in den Knast wandern? Ich gehe dem Paar hinterher, habe weiche Knie und ziehe vor lauter Angst den Kopf ein. Aber ich muss es einfach riskieren.
Grenzsoldaten kontrollieren die Ausweise. Ich will sie nicht anschauen, aber es gelingt mir nicht. Einer der Soldaten gähnt, ohne sich die Hand vor den Mund zu halten. Er hat eine Rose im Knopfloch seiner Uniformjacke stecken. Sein Kollege sitzt auf einem kleinen Hocker, isst einen Milky Way und starrt vor sich hin. Die machen irgendwie nicht den Eindruck, als wollten sie heute noch jemanden einsperren.
Der Mann im Wintermantel und die Frau zeigen ihre Ausweise vor, bekommen Stempel hineingedrückt. Als ich meinen Perso hinhalte, gähnt der Grenzsoldat erneut. Die Rose in seinem Knopfloch ist schon ein wenig welk. Er stempelt meinen Ausweis und gibt ihn mir

zurück. Etwas benommen laufe ich weiter. So einfach ging das.
Nina wartet am Neptunbrunnen auf mich. Ich kann es spüren. Noch nie im Leben habe ich mich so sehr auf etwas gefreut.

NINA

Auf den letzten Metern werde ich immer schneller, obwohl ich die Langsamere von uns beiden bin. Links ist das Nikolaiviertel, rechts das Rathaus. Als wir um die nächste Ecke biegen, versuche ich den Neptunbrunnen zu erkennen, aber er ist noch zu weit weg.
Meine Augen suchen nach Lutz, ich kann es nicht erwarten, ihn endlich wiederzusehen. Da ist der Brunnen, ich laufe schneller, stelle ihn mir vor, wie er auf den Stufen sitzt, so wie früher, in seiner Jeansjacke, mit seinen braunen, vom Wind zerzausten Haaren. Wie er aufspringt, mir zuwinkt und mir dann ein Stück entgegenrennt. Doch mit jedem Schritt werde ich langsamer, und je näher ich komme, desto dicker wird der Kloß in meinem Hals. Ich kann Lutz nirgendwo erkennen und das liegt nicht an der Dunkelheit. Er ist ganz einfach nicht da.
„Oje", murmelt Katrin neben mir.
Ein Reißen in meinem linken Knie, so heftig, dass mir die Luft wegbleibt. Ich halte mich am

kalten Stein des Brunnens fest und lasse mich auf die Stufen fallen. Es ist Schluss mit Laufen, ich kann nicht mehr, bin völlig fertig. Dabei habe ich mich so gefreut. Ich bin mir so sicher gewesen.

Katrin beugt sich zu mir runter. „Er kommt schon noch.“

Nein, er hat mich vergessen. Bestimmt hat er eine neue Freundin, und zwar eine, die ihn nicht alleinelässt und aus dem Land verschwindet - so wie ich. Schnell wische ich meine Tränen weg, zu spät, Katrin schaut mich mitleidig an. Irgendwo zwitschert ein Vogel. Pennen die normalerweise nicht um diese Uhrzeit? Ich puste in meine Hände, um sie zu wärmen, verschränke dann die Arme vor meinem Körper und spüre das Sahnekännchen in meiner Tasche. Wenigstens Mutti wird heute Nacht Grund zur Freude haben. Mit diesem Geschenk rechnet sie sicher nicht.

An die zehn Leute wanken untergehakt über den Platz, schunkeln hin und her und singen „So ein Tag, so wunderschön wie heute“. Dahinter wird ein lachender Mann in einer Schubkarre herumgeschoben. Das Ding haben sie vermutlich von einer Baustelle geklaut. Plötzlich springt der

Mann raus und rennt mit seinem Kumpel weiter, die Karre lassen sie einfach liegen.
Vor mir reißt jemand eine West-Zeitung hoch. Die Gruppe grölt und klatscht, ein Sektkorken knallt. Die Schrift ist riesig. „Die Mauer ist weg! Berlin ist wieder Berlin!“ Und kleiner steht darunter: „Jeder darf ab sofort durch! Deutschland weint vor Freude.“
Ich nicht. Ich heule, weil Lutz nicht da ist.
„He“, ruft Katrin plötzlich. „Was ist denn mit dem los?“
Ein Punk in Lederklamotten stürzt auf uns zu. Er rennt mit Riesensätzen in unsere Richtung. Es sieht fast so aus, als wolle er Anlauf nehmen und in den Neptunbrunnen springen.
„Ist der irre?“, schreit Katrin und stellt sich schützend vor mich.

LUTZ

Eine singende Horde läuft am Neptunbrunnen vorbei. Als sie weg ist, sehe ich eine Frau mit roter Bommelmütze am Brunnen stehen. Und ist da nicht noch jemand, auf den Stufen? Braune Haare, helle Schuhe.

Nina?

Plötzlich hebt sie ihren Blick und schaut in meine Richtung. Sie ist es! Ich erkenne sie, an der Bewegung, an der Art, dazusitzen. Ich hatte recht! Sie wartet hier auf mich, an unserem Ort, an unserem Brunnen!

Ich renne los, so schnell ich kann, schneller als bei jeder Spartakiade. Ich lasse sie nicht mehr aus den Augen, rase auf sie zu. Nina! Gleich werde ich sie umarmen und für immer festhalten. Die Frau mit der Bommelmütze schiebt sich vor Nina, so dass ich sie nicht mehr sehen kann. Trotzdem laufe ich weiter. Auf einmal stolpere ich und falle aufs Pflaster. Ich schlage mit dem Kinn auf.

Oh Mann! Mir tut alles weh!

Vor mir ist ein Gesicht. Ninas Schwester starrt mich entgeistert an. „Lutz?"
Ich schnappe nach Luft.
„Wie siehst du denn aus?"
Jetzt geht das wieder los! „Noch nie einen Punk gesehen?", presse ich heraus.
Katrin fängt an zu lachen. „Ich glaub es nicht, wie süß!"
Ich stütze meine Hände auf den Boden und stehe langsam auf. Suche Ninas Blick. Wieso kommt sie nicht zu mir?
Sie sitzt noch immer auf den Stufen und schaut mich an, mehr nicht. Ich lächle, spüre einen heftigen Schmerz in meinem Kinn. Wieso bleibt sie einfach sitzen?
„Nina?" Ich gehe zu ihr, doch sie rührt sich nicht.
Hat sie etwa auch Probleme mit meinem Aussehen? Ich zögere, bleibe stehen. Ich bin doch derselbe geblieben, trotz der Frisur! Braucht sie etwa Zeit, sich an meinen neuen Anblick zu gewöhnen? Ich mache langsam einen Schritt, und noch einen. Sie starrt mich nur an. Ich will im Boden versinken, so schwach macht mich ihr Blick.
Ein Ruck geht durch ihren Körper. Sie setzt ihre

Hände auf die Stufen, um sich aufzurichten, rutscht aber weg und fällt wieder zurück. Erst jetzt sehe ich die lila Krücke, die neben ihr liegt. Sie greift danach, doch anstatt sie zu packen, stößt sie sie ein Stück von sich weg.
Warum braucht sie eine Krücke? Ich springe zu ihr, lasse mich auf die Stufen fallen und nehme sie in die Arme. Ich drücke sie an mich und schließe meine Augen. Plötzlich wird mir ganz warm. Ein irrsinniges Glück breitet sich in meinem ganzen Körper aus.
„Da bist du ja endlich“, flüstert Nina.
Ich spüre, wie sie zittert. Dann fängt sie an zu weinen, und ich komme mir dumm vor, weil ich mich eben so angestellt habe. Ich presse mein Gesicht in ihre Haare. Sie riechen ein wenig anders als früher, aber nur ein wenig.
Jetzt fange auch ich an zu weinen, nehme Ninas Gesicht in meine Hände und küsse sie sanft. Sie blinzelt, lächelt mich an. „Du hast eine Riesenschramme am Kinn!“ Sie drückt sich wieder an mich. Das tut so gut! Danach habe ich mich all die Monate gesehnt, nach nichts anderem, nur danach!
„Und ich dachte schon, du würdest nicht mehr kommen. Ich war schon bei deinen Eltern.“

„Und ich bei deinen“, sage ich. „Sie hatten Schlafsachen an.“
„Deine auch!“ Nina lacht. „Und Pantoffeln. Die sahen vielleicht komisch aus.“
Wir halten uns fest, ganz, ganz lange.
Ich lasse Nina langsam los. Dann spüre ich, wie sie mich mustert, und mir wird sofort unwohl unter ihrem Blick.
„Also echt!“ Sie lacht auf, nimmt meine Hand in ihre. „Rasierklingen! Lila Haare! Warst du dafür beim Friseur?“
„Nö. Hab ich mit Stempelfarbe gemacht, in der Badewanne, war ’ne fürchterliche Sauerei.“
Ich spüre, wie Nina meine Hand drückt. Mein Blick fällt auf die lila Krücke, die noch immer auf dem Pflaster liegt. „Was ist mit deinem Bein passiert?“
Nina rückt ein Stück von mir weg, schluckt.
„Das war ein Skiunfall.“
„Seit wann kannst du Ski laufen?“
„Ich kann es ja eben nicht.“ Sie senkt den Kopf.
„Mein Bein wird vermutlich nie mehr richtig gesund werden“, flüstert sie.
„Das ist schlimm.“ Ich räuspere mich. „Tut bestimmt weh, oder?“
Sie hebt ihren Kopf, schaut mir ins Gesicht.

Magst du mich denn überhaupt noch?"
„Mit dem kranken Bein?"
Sie nickt.
„Klar!"
„Wirklich?"
„Natürlich! Wir halten zusammen, egal was passiert!"
Ihr Gesicht wird auf einmal ganz weich. Erleichtert atmet sie aus und presst sich wieder an mich. Ich kann nicht glauben, dass sie sich deswegen Gedanken gemacht hat.
„Außerdem passt deine Krücke farblich gut zu meiner Frisur", sage ich und Nina kichert leise in meinem Arm.
Irgendetwas drückt in meine Seite. „Was ist das?"
Sie schiebt ihre Hand in die Jackentasche und holt ein Sahnekännchen hervor.
„Das hast du extra aus dem Westen mitgebracht?", frage ich erstaunt.
Sie schüttelt den Kopf. „Ich habe es heute Herrn Schnuckmann geklaut, unserem alten Nachbarn. Erzähle ich dir später."
Ich wühle ebenfalls in meiner Tasche. „Ich habe auch etwas dabei."
„Bier?" Nina starrt verwundert auf die Dose.

„Habe ich von Kreuzberger Punks geschenkt bekommen.“
„Verrückt.“
Gemeinsam schauen wir hoch in den Himmel. Endlich sind wir wieder zusammen.
„Schau mal.“ Nina öffnet ihre Hand. Da liegt mein Bernstein. „Er hat mir Glück gebracht, wie du es versprochen hast.“
Und dann küsst sie mich. Es ist der erste richtig glückliche Kuss, weil wir beide wissen, dass wir uns nicht mehr trennen müssen. Nie mehr.

NINA

Unter den Linden ist die Hölle los.
Lutz schiebt mich in der Schubkarre durch all die Menschen, die lachen, heulen, tanzen, sich umarmen. Wenn sie uns bemerken, machen sie Platz, wünschen uns alles Gute.
Katrin ist irgendwo hinter uns.
Ich halte die Krücke in der einen und das Sahnekännchen in der anderen Hand, nippe daraus Bier. Eigentlich darf ich keinen Alkohol trinken, aber heute ist das egal. Heute Nacht ist nichts verboten.
„Sieh mal", ruft Lutz.
Eine Silvesterrakete explodiert über dem Brandenburger Tor. Sie wird erst rot, dann grün, dann blau. Und plötzlich wirbeln unzählige Funken durch die Nacht, breiten sich aus und hören nicht mehr auf zu leuchten.

Es folgt eine Leseprobe aus
Daniel Höra *Kopf runter, durchhalten*

EINS

30. Januar 1933

Da kommen sie, marschieren direkt durch das Brandenburger Tor auf den Pariser Platz zu.
Hans steht eingekeilt in der Menge der Zuschauer, die ebenso wie er das Spektakel nicht verpassen wollen. Den Fackelzug!
Jetzt winden sie sich an Hans vorbei. Es sind Tausende. Die meisten tragen die braune Uniform. Manche sind auch in Zivil, aber dafür haben sie sich ein kleines Hakenkreuz an den Kragen oder die Bluse geheftet. Ihre Schritte hämmern über den Asphalt. Wie ein riesiger brauner Tausendfüßler, denkt Hans.
Viele der Zuschauer rufen *Hurra!* und auch *Sieg Heil!*, worauf die Vorbeimarschierenden jedes Mal den rechten Arm hochreißen und mit *Heil Hitler!* antworten. Es wird gesungen, gelacht, Fahnen werden geschwenkt. Ein Volksfest. Doch Hans entdeckt auch entsetzte, ängstliche Gesichter in der Menge.

Er verdreht den Kopf nach seinem Freund Heini, den er im Gedränge verloren hat. Heini ist sein Alibi, den muss er wiederfinden. Schließlich denkt sein Vater, dass er bei Heini zu Hause sitzt und Mathematik lernt.
Jetzt biegt der Kopf des Tausendfüßlers in die Wilhelmstraße ein. Die Zuschauer marschieren nebenher. Hans lässt sich ebenfalls mittreiben. Bis er plötzlich vor der Reichskanzlei steht, wo der Zug langsamer wird. Und da, im zweiten Stock, öffnet sich ein Fenster und ein Mann erscheint. Unbeschreiblicher Jubel bricht los. *Heil Hitler! Heil Hitler!*, ertönt es aus Hunderten Kehlen.
Hans hat Hitler zuvor schon auf Plakaten gesehen, in der Zeitung und auch im Kino in der Wochenschau. Er hat ihn auf der Leinwand toben und wüten sehen. Wie er etwa auf den „Schandvertrag von Versailles"* schimpft. Doch ihn hier leibhaftig zu sehen ist etwas ganz anderes. Hitler ist greifbarer, realer. Er wirkt auch gar nicht so bösartig wie auf der Leinwand. Irgendwie menschlicher.

* Wichtige Begriffe, Abkürzungen und Personen werden im Anhang des Buchs noch einmal kurz erklärt.

Und er ist nun Reichskanzler. Ordentlich gewählt.
Die Menschen um Hans herum sind wie im Rausch, und er spürt, wie sich die Energie der Masse direkt auf ihn überträgt, ihn durchfährt wie elektrischer Strom. Er wird zu einem Teil der Gruppe, einer unter vielen. Dreimal schreit er *Heil Hitler!*, doch als auch er den rechten Arm hochreißt, hält er plötzlich inne. Was, wenn seine Eltern ihn jetzt sehen würden? Er weiß genau, dass sein Vater ihm eine Tracht Prügel verabreichen würde. „Was jubelst du diesem windigen Zuhältertypen da oben am Fenster zu?", würde er schimpfen. „Die Nazis sind doch alles Verbrecher, keine Politiker. Die halten sich sowieso nicht lange an der Macht." Hans' Vater wählt die Zentrumspartei, schon ewig.
Von den Nazis hat Hans tatsächlich noch nichts Gutes gehört. Ständig zetteln sie Straßenkämpfe mit den Kommunisten an. Hier in Berlin hat es sogar schon Tote gegeben. Doch das waren Schlachten zwischen Arbeitern, Arbeitslosen und Gaunern. Das hat sein Vater immer wieder betont. Anständige Menschen hielten sich aus so etwas heraus.
Eine Weile bleibt Hans noch stehen und

beobachtet Adolf Hitler, der lächelnd den Beifallssturm entgegennimmt. Hinter ihm stehen jetzt auch noch andere Würdenträger der Nazis.
Hans hat plötzlich das Gefühl, von der Masse zerquetscht zu werden. Er muss hier weg.
Er drängt sich durch die Menschen, die von allen Seiten schieben und drücken. Endlich hat er es geschafft. Ein letztes Mal sieht er zurück. Hitler steht da, mit festgefrorenem Lächeln. Hans läuft ein kalter Schauer über den Rücken. Für einen kurzen Moment erscheint ihm dieser Mann am hell erleuchteten Fenster wie ein Vorzeichen auf eine andere Welt.

ZWEI

Am U-Bahnhof trifft Hans Heini wieder. Das hatten sie so ausgemacht, sollten sie sich verlieren.
„Mensch“, sagt dieser begeistert zur Begrüßung. „Das war ja toll. Ich hab den Führer gesehen.“
„Ja, ich auch“, sagt Hans betont gelangweilt.
„Na ja. Ist auch nur ein Mensch, dieser Hitler. Und ziemlich unscheinbar“, rudert Heini zurück, als er merkt, dass sein Freund nicht auf seine Begeisterung anspringt. „Die bleiben eh nicht lange oben“, fügt er hinzu.
Als sie in der U-Bahn sitzen, hat Hans ein schlechtes Gewissen, dass er seine Eltern angelogen hat. Nur um diesen braunen Horden beim Feiern zuzusehen. Und dann hat er Hitler auch noch zugejubelt, diesem „kalten Fisch“, wie sein Vater ihn spöttisch nennt.
Hans fühlt sich richtig schlecht. So als ob er aus Heißhunger zu viel Schokolade in sich hineingestopft hätte.

„Diese SA-Uniformen sind aber schon schneidig“, unterbricht Heini seine Gedanken.
„Unsere Pfadfinderkluft ist doch viel besser“, entgegnet Hans mürrisch. „Die ist wenigstens blau und nicht kackbraun wie bei denen.“
Er will sich gerade noch weiter über die Nazis auslassen, da verstummt er. Am U-Bahnhof Kurfürstenstraße steigen zwei SA-Männer in die Bahn und sehen sich mit grimmigen Gesichtern um. Als ihre Blicke auf die beiden Jungen fallen, hebt Heini den rechten Arm und ruft: „Heil Hitler!“ Einer der beiden nickt, dann wenden sie sich ab.
Hans schlägt das Herz bis zum Hals. Er weiß gar nicht, warum. Was können ihm diese beiden Typen schon tun?
Ein paar andere Fahrgäste haben ebenfalls „Heil Hitler!“ gesagt. Von weiter hinten hören die beiden Jungen jetzt laute Stimmen. Wütende Stimmen. Ein paar Plätze weiter haben die SA-Typen einen Mann am Mantel gepackt und schubsen ihn. Eine Frau, die danebensitzt, ruft: „Aufhören!“, aber die Nazis beachten sie nicht. Der Mann im Mantel ruft lautstark nach der Polizei.
„Wir sind die Polizei“, ruft einer der beiden

SA-Männer und veretzt dem Mantel-Mann einen Stoß. Der fällt halb auf die Frau, die jetzt um Hilfe schreit. Doch niemand der anderen Fahrgäste greift ein. Niemand sieht hin. Die meisten schauen unbeteiligt raus in den dunklen U-Bahn-Tunnel. Manche lesen auch Zeitung und stellen sich taub.

„Eine Schande!", schreit die Frau, worauf der eine SA-Mann zurückschreit: „Eine Schande ist es, dass dein Mann den deutschen Gruß nicht kennt. Und wenn du nicht die Fresse hältst, olle Krawallschachtel, dann fängst du dir auch ein paar." Er hebt drohend die Hand.

Der Mann im Mantel schiebt sich dazwischen und stellt sich schützend vor seine Frau. Da schlägt ihm der andere SA-Mann mit der Faust ins Gesicht, dass er zu Boden geht. „Dich werd ich lehren, die Hand gegen meinen Kameraden zu erheben", brüllt er. „Und beim nächsten Mal nehmen wir euch beide mit. Dann könnt ihr sehen, was es heißt, die Uniform nicht zu grüßen, ihr verdammten Sozis."

An der nächsten Station steigen die beiden lachend aus. Hans sieht sie am Fenster vorbeilaufen.